青春と変態

会田誠

筑摩書房

カバー作品

考えない人

2012

FRP、その他

313×181×150cm

カバーデザイン

鈴木成一デザイン室

目次

青春と変態

会田誠

湯山美江さんに捧げる

1991年3月29日
AM10：50　三ツ村温泉スキー場に向かうバスの中で

国境の長いトンネルを抜けると雪国であった。とまあ、どうせエゲツナイ変態日記、せめて書き出しくらいは格調高く始めてみよう。けれど夜の底が白くなるなんて、そんなシンミリしたところには続かない。なんてったって今は真っ昼間だし、しかもド晴天だから。

もう、眩し過ぎる！

きのう降り積もったばかりの新雪に真夏並みの太陽が照りつけて、あたり一面が爆発的な光をあげている。視力がおかしくなって、目の奥でヘンな極彩色がチラチラ踊っている。だからさっき（国境っていうのはウソだけど）長いトンネルを抜けた時なんか、原爆のピカドンもかくありき、って感じだった。不謹慎にしてもオーバーな表現じゃないと思う。だって悲惨なスキー焼けって、ちょっと殺人的なところがあると思う。じゃない。春の雪山の光量って、ほとんど第五福竜丸の船員してるじゃない。

とまあ、どうせ陰湿な変態日記、せめて書き出しくらいは明るく始めてみよう（光量だけか）。

そう、何を隠そうこのノートは変態日記なのである。僕の世にもおぞましい変態行為を記録するために、このスキー合宿の最重要アイテムとしてリュックに忍ばせてきたものなのだ。暗くジメジメした、触るのさえ汚らわしいような最悪のページはじきに始まるだろう。ちょうどこのバスがじきに再び、暗く湿ったトンネルに入るように。けれどトンネルはいつか終わり、バスはまたこの晴れ渡った空のもとに出る。同じように僕の日記も、明るい「青春」のもとに出るのだ。そしてまた「変態」に舞いもどり、そしてまた「青春」に……。今のところこのノートは、そういう明暗のサンドイッチ状の構成を予定している。

このトンネルの比喩が我ながら気に入って、予定よりずっと早くこの日記を書き始めてしまった。そして同時に『青春と変態』なんてタイトルめいたものまで思いついて、扉に書いてしまった。これには最近読んだ太宰治の『正義と微笑』の影響が入っている。あれはたしか16歳か17歳の少年の書いた日記の形式を借りた小説だったけれど。僕も17歳、同じような知的青年（自分で言うな）として、似たようなタイトルを冠して勝負してやろうじゃないか。なんて小説の作中人物なのにミョーに対抗意識燃やしちゃったりして。勝てるわけないけど。

ところで、この日記は何かヘンだと思いませんか？　日記のくせにタイトルがついていたり、読者を想定して語りかけるような文体だったり、未来に起こることをあらかじめ予想して、すでに全体の構成が考えられているかのようだったり。これはつまり、一つには僕のクサい文学趣味のなせるワザでして。もう一つは、要するに僕は飽きっぽいので日記をつけることに向いていない、ということだ。初日にはりきって大長編を書いて、それで息切れて、数日分をつけただけでページの半分もいかずやめてしまった日記帳が、部屋に何冊もある。だから毎日几帳面につけるような日記は諦めていた。

けれど今回は大丈夫と思うのだ。なぜなら、今回は初めから四日間と期間が限定されているから。それは何かと言うと、これから始まる三泊四日のスキー部の春合宿だ。四日間なら、僕の瞬発力だけのロケット燃料ももつだろう。それにタイトルなんかもつけて、一編の小説のような体裁を整えれば、なおさら完結性が増して書く意欲が湧く。そういうわけなので、このヘンな文章にしばらくつきあっていただきたい（と、いもしない読者に語りかけたりする）。

次にタイトルの具体的な意味を説明しよう。まず簡単に言えば、「青春」とは他の部員のことで、「変態」とは僕のことだ。前者については大して説明は必要ないと思う。フツーの人にとって高校時代といえば、イコール青春なわけだろうから。特に僕ら二年生（というか三年生というか。その中間の今は春休みなのだ）にとっては、これが最後の合宿となる。ウチは一応進学校だから、冬しかやれないスキー部はこれですべての活動が終わりになる。そして灰色の受験勉強が始まる。それを覚悟しているので二年生たちは、今回が高校生らしい・青春らしいことのできる最後のチャンスと考えているのだ。だから今朝から二年生を観察していると、いつにも増してテンションが高いというか、「青春」の濃度が高いように感じられる。

そんな中に変態の僕が一人紛れ込んでいるのだ。当然両者のギャップは激しい。またいかに変態とはいえ、やっぱり17歳だから、僕の中にも明るい青春クンが住みついているのを感じる。このスキー部全体と僕の内部における、激しい二律背反《はいはん》のドラマが生じるという予定調和に賭けて、僕はこんな『赤と黒』とか『戦争と平和』みたいな仰々しいタイトルを付けたわけなのだが。さてどうなることやら。

で、問題は僕の「変態」の方なのだけれど、その具体的な中身については、残念ながら今は書けない。というのは今このノートを書いている情況が問題なのだ。このスキー場に向かう路線バスは、僕ら二つの高校のスキー部員全員を乗せて、ほぼスシ詰めの状態。こうして書いているノートをすぐ横や後の部員に見られそうなのだ。すでに書いた「変態」の二文字でさえドキドキもので、もう後悔し始めているのに、その内容を知られた日には僕は確実に破滅するだろう。本当はその「変態」行為を終えた後にこのノートを書き出して、その佳境の部分からいきなり始める予定だった(そういうショッキングな導入ってあるじゃない)。しかしふとした出来心からこんな早く書き始めてしまったわけで、それなら仕方がない。しばらくは本書のもう一つのテーマ、「青春」の部をしばらく続けることにしよう。

そういえば「青春」にとって大切なことを書いてなかった。さっき「二つの高校のスキー部」と言った、そのことだ。一つは僕ら県立北高校、通称北高であり、もう一つは県立清和女子高校、通称清和である。この二つの高校は、県内で一番目と二番目に大きい別々の市にあり、その距離は電車で一時間半くらいかかった。この二つのスキー部は、年に四回ある合宿と二回ある競技会という、すべての行事で常に行動を共にしていた。言ってみれば一つの部のようなものだった。

どうしてそんなことをしているのかと言えば、一つには、それぞれの顧問である舛《ます》田《だ》と大内先生が、大学のスキー部でいっしょだった友人同士だからだ。二人はまだ三十代前半で、もの分かりがいいことで生徒に人気があった。

また一つには、この二つのスキー部のレベルが似通っている、ハッキリ言ってヘタクソ同士だということだ。僕たち北高のスキー部はかなりしょーもない部だった。普段の練習もなければ先輩後輩の礼儀もあまりない。ほとんど大学のサークルのような、遊びとしてのレジャー・スキー部なのだ。清和の方は冬以外でも毎日陸トレをやり、礼儀や結束力もある、マトモな高校の運動部のようだったけれど。しかしそこはやっぱり女の子なので基礎体力に差があり、遊んでいる僕らとスキーの腕前においてほどよく釣り合っていた。県内の都市部の高校でスキー部があるのはこの二校だけだった。県大会などに出ると、周りは雪の降る山間部の高校ばかりだった。みんなインターハイを目指して頭を丸坊主にしているような連中だ。だからそういうところで両校は、場違いなタイムを出して失笑を買っていた。つまり弱い者同士肩を寄せ合っているようなものだ。この際いっしょに楽しくやりましょう、みたいなことでこの制度は始まったんじゃないかと思う。

あと一つの理由は、北高は十数年前まで男子校だったので、共学の今でも女子が少ないということである。話のわかる顧問の、生徒のニーズに答えた配慮だったのだろう。

けれど僕らの代は特に清和がシャイなのか、ニーズのわりには今一つお互いに打ち解けていない気がする。こうしてバスの中を見渡してみても、北高と清和はなんとなくそれぞれで固まっている。カップルとして男女で並んで座っているのは藤田と久保さんだけだが、久保さんは数少ない北高の女子部員の一人だ。去年の二年生は最終的に四組もできたのに、今年は両校の間にカップルはまだ出来ていない。

ところでこの日記は普通とちょっと趣向を変えて、なるべくリアルタイムな実況中継方式でいこうと思う。つまり夜になってその日のことを回想するんじゃなくて、昼間でも時間を見つけてこまめに書いていくつもりなのだ。

それではさっそく現在の実況中継を。

とにかくバスがボロい。さっきから字がこんなに汚いのは、きっと古びたサスペンションのせいだ。こんな旧式のバスを走らせているスキー場なんて今どき珍しいんじゃないか。だいたい「三ツ村温泉スキー場」なんて名前から想像できる通り、ここはアカ抜けない閑古鳥の鳴いているスキー場なのだ。駅からバスに乗って山道をえんえん一時間以上も登る交通の不便さが原因している。しかしこんな時期まで雪がたっぷりあるし、あまりリフトを待たずに済むので、通の間では人気があるようだった。

さっきからこのバスの中で目立っているのは、最後部に陣取っている浅野だ。毎度のことだけれど、とにかくうるさい。さっきも舛田に「これは貸し切りじゃないんだぞ」と注意されたばかりなのに、もう隣の高橋といっしょに歌を歌い始めている。しかし浅野はいわゆる「憎めないヤツ」というタイプで、舛田も本気で怒ってないし、誰も迷惑と思っていない。スキー場までの長すぎる道のりのいい退屈しのぎだと思って、みんな楽しんで聴いているようだ。いっしょに乗り合わせた地元の婆さんも笑っている。僕も浅野は嫌いじゃないし、スキー部に友達の少ない僕にとっては貴重な、よくしゃべる相手の一人だ。ちょうど今、スケベな替歌を歌って女たちのヒンシュクを買っているところ。こんなことしていていいんだろうか。あいつは合宿の前に、今度こそは清和のうちの誰かを口説いて、17歳のうちに童貞を捨てるんだと意気込んでいたのに。

あと10分くらいでスキー場に着くようだ。さて、あとは何を書こうか。やっぱり書きしぶっている「変態」のことをちょっと書いちゃおうか。実はさっきからこれをこうして書いていても、頭はずっと別の、そのことを考えている。こうして目的地に近づいてくるにしたがって、ますます他のことが考えられなくなってきている。そう、今回の合宿は、スキーも清和との交流も二の次なのだ。今回の目的はなんといってもあの山頂のロッジだ。なんせ一年待ったのだ。よっぽど一人で行っちゃおうかと何度も考えたほどだ。あのロッジはまだあそこにあるだろうか。経営不振で潰れてたりしないだろうか。それよりも心配なのは、あの憎らしいステンレス板の被害がこんなへンピな田舎のス

AM11：15　旅館日野荘つくしの間にて

さきほどは途中でプツンと切れたりして失礼いたしました。しかしそれも実況中継

ならではのリアルなアクシデントでして……。

後の席にいた清和の湯山さんがいつの間にか覗き込んで、いきなり「何書いてるの?」と訊いてきたのだ。用心してたはずなのにウカツだった。まだあんまりヤバイことは書いていなかったから良かったようなものだけれど。しかし僕はすっかり焦ってしまって、慌ててノートを閉じたところを、彼女にしっかり見咎められてしまった。以下そのあとの会話。

「え⁉(焦ってる)……ただのメモだよ」

「ふーん。でも秘密のメモなんだ」

と言って湯山さんはいたずらっぽく笑った。

「そんなことはないけど……つまんないこと書いているから……」

「わかった。詩とか書いてたんでしょう」

「詩? まさか」

我ながらいきなり赤面な会話。けれどこんな不自然な状況でコソコソノートをつけているというのは、確かに詩作って感じかも知れない。

「詩なんて書いたこともないよ。それより湯山さんの方じゃない、詩とか書きそうなの」

「あたしだって……（思い出したようで）確かに書いたことあるけど……」

「ほらやっぱり。自分のことを言っててんだよ」

「そっか」

とりあえず変態日記の話題から遠ざかりつつある。よしよし。

「湯山さんの詩かあ。読んでみたいな」

「ダメよ。バカみたいだから」

「そんなことないでしょ。湯山さんって何考えてるか分かんないから、読めば分かるかも知れないし」

「それはお互い様でしょ」

「まあね」

「うーん。見せてもいいけど、その代わり、その秘密のメモ見せてくれたらね」

と言って僕のノートを指さした。

「これ？……これはマズイよ。だってこれはこれから、ちょっと人には見せられないキワドイこと書く予定だから」

ちょっと茶目っ気が出て、本当のことを言ってみた。

「あら。あたしの詩だってけっこうキワドイわよ」

「じゃあお互いに見せられないってことかな」

この時、湯山さんの隣に座っていた友達のみのりちゃんが立ち上がり、意味ありげに笑って言った。

「ふーん、文学カップルって本当なんだ」

僕はこの言葉を前の合宿で何度か耳にしていた。その度に、このネーミングのなんとなく前時代的なセンスが恥ずかしくて、何とかして欲しいと思っていた。けれどどう考えても、アナクロなのは部員でなくて僕の方だった。確かに太宰の本に触発されて日記をつけるような男は、「文学」と言われても文句の言えるスジアイではない。また湯山さんの方も、詩でも書きそうな雰囲気はあった。けれどこの言葉にはもうちょっと複雑なニュアンスが含まれていたのだ。会話の続きを書こう。

「何それ？」

「え、ユッコ知らない？　特に一年とかの間で二人は文学カップルって呼ばれてるんだよ」

「何で?」

「だって二人とも合宿の間、ヒマな時とか本読んでるじゃない」

「えー、それだけでー」

「だから何てゆーか、ミーハーばっか集まってるウチの部の中では目立っちゃうってゆーか」

ここで僕は口を挟んだ。

「ようするに僕たちバカにされてるんだよ。ブンガクって友達あんまりいなくて暗そうなヤツの代名詞なんでしょ、きっと」

「あたし会田くんほど暗くなーい。友達だっているしー」

「あ、もうカップル崩壊」

「だから違うでしょ」

と湯山さんはみのりちゃんの背中を叩いた。

そう、「文学カップル」なんてぜんぜん違うのだ。ここは誤解がないよう詳しく説明しておこう。

まず「文学」が違う。これに関してはみのりちゃんがけっこう正しいことを言っている。清和にもその傾向はあるけれど、とくに北高の場合、スキー部には学校でも指折りの明るいミーハーが集まってきている。厳しい練習のないレジャー・スキー部にそういう人種が集まってくるのは必然だろう。合宿でちょっと本を読んでいるだけでも奇異《きい》な目で見られるのだ。二人ともそんなに読書家というほどでもないはずだ。僕ら程度の読書量で文学なんて認じたら、きっとあの世の小林秀雄あたりが怒り出す。

事実と大きくかけ離れているのは「カップル」の方だ。事実は単に女の子に消極的な僕が、唯一気安く口がきける相手が湯山さんだ、というに過ぎない。それももともと父親同士が知り合いだった、という偶然によるところが大きい。同じ地元の新聞社の違う支局に務めている同僚なのだ。それをわざわざ「カップル」と呼ぶのは、明らかに悪意の少しこもった冗談なのだ。

湯山さんはかなり美人だった。北高の男たちの間では、最初の合宿の時からダントツの一番人気を保っていた。そんな美人とカップルと言われるのに何の不満があるのかと言われそうだけど、たしかに内心嬉しかったりするけれど、そんな気持ちをあらわに出すわけにはいかなかった。彼女は美人ではあるけれど、性格的に変わり者だった。といっても、突然叫び出すとか奇抜な恰好をするみたいな、分かりやすい変人ではない。どこがどう変人なのかもよく分からないような、微妙な変人だった。あえて表現すれば、時に真面目そうに冷たそうに暗そうに見えたかと思うと、時にミーハーそうに優しそうに明るそうに見えたりする、そんな感じだろうか。こういう多面性は誰にでもあるのかも知れないけれど、その度合が激しくて、切り替わるポイントがよくつかめないのだ。「湯山さんは何を考えているのか分からない」というのが、最近では北高部員の間で常套句《じょうとう》になりつつあった。

具体的に言えばこういう経緯があったのである。湯山さんはよく男たちに誘われ、それをすべて断ってきた。いくら美人でも性格がいつでも暗かったりすれば、男たちは敬遠するだろう。けれど彼女は時に明るいミーハーにもなるので、男たちは誘いに乗ってきそうな期待を持ってしまうのだ。誘いと言ってもいろいろあるが、その重たい方、つまり口説こうとしたのは今までに三人いた。

まずは直情径行《ちょくじょうけいこう》・猪突猛進《ちょとつもうしん》で知られる浅野が、特攻一番機！という感じで彼女にアタックして、はかなく散った。まあそれは当然としても、それから続けて山田、部長の木之内という、浅野のようなお笑い系ではなく、僕から見てもかなりいい男の部類に入るヤツらが慎重にデートに誘ったのだけれど、二人ともすげなく断られたのだ。

別に付き合っている男性がいるわけではなさそうなのに、それは断固とした拒絶だったらしい。あるいはもっと軽い誘い、休みの日にグループで遊ぶとか、合宿でいっしょに滑るとかいう誘いも、彼女はあいまいに笑いながらも、結局はきっぱりと断ることがほとんどだったらしい。

またこれは冗談みたいなものだけれど、清和のスキー部には女子校特有のレズっぽい雰囲気が一部にあった。そしてここでも湯山さんは下級生に一番人気があった。髪は長かったしボーイッシュでもけしてなかったけれど、スリムでちょっと背が高く、なによりもクールな表情が似合う美形の湯山さんは、一部の後輩からけっこう熱狂的に慕われていた。けれどここでも湯山さんは、その彼女たちの一過性の火遊びみたいなものにも冷淡で、あまり取り合わなかったらしい。

そんなわけで、みんな首を傾げてこう言うことになったのだ。「じゃあいったい湯山さんはどういうのがタイプなんだ?」と。前までは「鉄の処女」とか「人間嫌い」などと冗談半分で言われていたけれど、それに代わる最新のキーワードとして、「文学カップル」は登場してきたのだ。これを僕なりに翻訳すれば、「湯山さんってもしかしてすっごいゲテモノ趣味だったりして」という冗談になる。湯山さんの不可解な性格を、僕みたいなゲテモノと一番親しいところにたくして表現しているわけだ。必ずしも人間嫌いとは言えない彼女の複雑さを表現しているし、確かに以前のキーワードより奥行きがあると言える。別に僕の被害妄想ではないはずだ。この言葉の出どころは例のレズな一年生たちだと思われるけれど、少なくとも彼女らは明らかに、「憧れの湯山センパイは、選りに選ってどうしてあんなヘンな男と親しいの！」というニュアンスで使っていることを僕は知っている。

確かに僕も湯山さんは綺麗だと思うし、しゃべっていても楽しいので、本物のカップルになれたらそれに越したことはない。それは当然だ。けれど僕は自分の身分をわきまえているつもりなのだ。おいおい分かることだろうけれど、僕はとんでもなく醜い変態なのだ。どう考えたって湯山さんと釣り合うわけがない。「文学カップル」なんて冗談を真に受けてヤニ下がっていたら、手痛いシッペ返しを受けるだけなのだ。「文学カップル」についてはだいたい説明がついたと思うけれど、ところでそんなことをしている間にすっかり集合時間が過ぎてしまった！　すごくヤバイ。続きはあとで。

AM11：55 頂上のロッジに向かうリフトの上で

さっきはみんなを待たせて舛田からしっかり怒られた。こういうことをしているからみんなから変人扱いされてしまう。ちょっと湯山さんのことを詳しく書き過ぎた。あんまり最初から飛ばし過ぎるとあとで息切れするから気を付けよう。そうなのだ。今は本当に湯山さんのことなんてどうだっていいのだ。末節にこだわって大義を忘れてはいけない。今一番大切なこと、それは山頂のロッジだ。

リフトに一人で乗っている今こそ安心して書ける。さっきから焦らしてばかりだったけれど、そろそろ発表しよう。僕の呪わしき変態の秘密を……。

それは、なんと、「トイレ覗き」だったのだ!!

……なんだそんなことかとガッカリした読者がいるかも知れない。そりゃあ確かに縛ったり殺したり食べたりするわけじゃないから、あんまり激しいスペクタクルは期待できないけれど。でも、今どきの日本の高校生で変態って言ったら、せいぜいこんなチンケなものになるのが普通だと思う。変態に普通って言うのもナンだけど。もっとスゴイことを期待していた人には申し訳ないけれど、これも一つのリアリズムだと思って許してもらいたい（それでもどうしても欲求不満な人は、佐川先生の本でも読んでください）。

リフトはまだ長いのでゆっくり説明しよう。

ことの起こりは今から一年とちょっと前、二月のとある寒い木曜日だった。何かの買い物の帰り、国道に面した「靴流通センター」の前を自転車で通り過ぎようとした時、それはふと僕の目に飛び込んできたのだ。殺風景な駐車場の片隅に捨ててあった、少し湿った一冊のエロ雑誌。僕は辺りを見計らって、それを急いで買い物袋の中に押し込み、ドキドキしながら家に持ち帰った。それはいわゆる「投稿写真系」といわれる小型の月刊誌だった。僕はそういうものの存在はなんとなく知っていた。けれど僕は、それを本屋で堂々と立ち読みすることも、レジに持って行ってお金を払うこともできない小心者だったので、中身をじっくり見るのはそれが初めてだった。

これがけっこう衝撃的だった。僕はヌード写真を見るのが初めてだったとか、そこまで病的に純粋培養だったわけではないけれど、やっぱりオクテ過ぎるところは確かにあった。だからこの一冊との出会いは、自分史の中では種子島の鉄砲やペリーの黒船に当たるくらい、開明的でエポック・メイキングな出来事になったのだ。

冒頭から凄かった。ヤンキーというわけではなくごく普通の女子高校生二人、それもけっこう可愛いコが、下着姿でお風呂に入っている。薄い生地が濡れているので、下着はほとんど半透明になっていて、乳首も陰毛もはっきり写ってる。本人たちがそれに気づかないはずはないのだけれど、一応下着を着けているという「意味」に安心しているのか、彼女たちには少しの羞恥心も警戒心も感じられない。普段と変わらない屈託のない笑顔で、水をかけ合ったりしてじゃれている。なんだか童話の『裸の王様』を思わずにはいられない、異様な事態がそこにはあった。他にも、道端で女子高生に制服の裾をめくってパンティーを見せてもらう企画や、街でカメラマンがナンパした女の子がホテルで大股を開くまでの一部始終を記録した写真など、イナカの街で世界名作文学を読むだけに明け暮れていた僕などには信じがたいページが目白押しだった。

しかし今問題にしたいのは、そういう（セミ？）プロの撮った写真ではない。この手の雑誌はその名が示す通り、素人の投稿写真を多く載せていた。ステージで歌うアイドルのパンチラ、新体操や陸上競技をやっている少女たち、通学途中の制服姿、海水浴場の水着姿……etc。ただし僕はそれらの写真にも同じように心を動かされたとは限らない。他人から見ればどうでもいい微々たる差で同じ穴のムジナかも知れないし、そういう友達もいたけれど、僕は昔からいわゆる「オタクくん」たちと、どこか最終的には相容れないものを感じていた。だからこういうオタッキーな投稿人たちの独特の情熱は、全体的にはピンと来ないところが多かった。少なくとも自分でもカメラを買って撮ってみたいとは思わなかった。もっともそれは僕が典型的な文系で、単にメカに弱かっただけかも知れないけれど。

そんな中で二種類だけ、僕の目を強く引き付けた写真があった。一つは「恋人写真」と呼ばれるジャンルだった。それは男がSEXしながら自分の恋人を撮る、というものだった。やる前・最中・やった後など、一人につき四、五枚掲載されていて、それが四人分あった。中でも一番ショックを受けたのは、「ⓅYUJI　今俺が付き合っている14歳の彼女です。幼いクセにもう感度抜群です。まだきれいなオ○ンコに極太肉棒をグラインドしてやると、ホッペを真っ赤にして『き、気持ちいい……』と叫んで何度も果てます。㊥投稿人はまだ17歳とのこと。高校生のうちからこんな美少女と……オジサンは泣きたいです。」、たしかこんな感じの説明文の付いた写真だった。この文章がどこまで本当かは分からないけれど、写真に写っているコは確かに完全な少女体型で、確かに美少女のようで（目が黒線で隠されているのでハッキリ分からない）、確かにラブホテルのベッドのシーツを乱して喘いでいた。同じ高校生でありながら、僕とYUJIくんとのこの恐るべき差はなんだろう……。僕は、高校生のうちにSEXする男がいたって別に不思議はないんじゃない？　みたいに、軽く思ってはいた。けれどこうしてあらためてビジュアルで見せつけられると、YUJIくんとの無限にも感じられる距離に気づかされて、さすがに焦ってしまったのだ。

前置きばかりが長くなってしまったようだけれど、実は今重要なのは、その焦った気持ちのまま次に見た、もう一種類の投稿写真の方なのだ。ただ他の内容も詳しく紹介した理由は、これによって僕（らの世代？）の性のバックグラウンドみたいなものが示せるかなと思ったからだ。

もう一つ僕の目を強く引いたもの、それこそが「放尿盗撮写真」だったのだ。

それはたぶん露出不足のせいで不鮮明な写真だった。画面の上半分はピントの大きくボケた真っ平らな灰色だった。その下に急に赤いハイヒールが現れ、ものすごく強い遠近感のついたタイルの地平を踏み締めている。ハイヒールの奥には編集者が塗ったらしい「墨消し」の黒い三角があり、そこから飛び出した液体が描く放物曲線がわずかに判別できる。このように分かり難い写真のはずなのに、僕は一目見てすべてを了解した。そうか、トイレの大便器の個室を仕切っている壁は、たいてい床から五センチくらい浮いている。あそこから覗けばこんなふうに女の人がおしっこをしているところが見れるんだ。つまり上半分の灰色は仕切りで、しゃがんでる女性を前方斜め下からえぐるように覗き込んだわけか……。

パンチラやレオタードにはさほど食指が動かされなかった僕が、放尿にはなぜこんなにも素早い反応を示したのか、今でもはっきりと説明することはできない。ただ言えることは、放尿写真はこの雑誌にこの一枚しかなかったこともあり、何か場違いのような特異な存在感を放っていたことだ。それはきっと、その徹底した「暗さ」において孤立していた。それには単に露出不足という物理的な理由もあるけれど、何といっても人の汚い排泄行為を盗み見るという精神的な意味が大きかった。

またこれはカメラを持っていない僕でもすぐにやれることだった。僕は昔からアナログ型というのか、実感を重視するタイプだった。人の写真を見ていても何だかピンと来ない。やっぱり自分の肉眼で見てみなければつまらない。

そうなのだ。その時僕はほとんど即座に、トイレ覗きを自分で実地にやってみることを決意したのだ。僕はそれまでずっと、自分の欲望をどう使えばいいのか分からずモヤモヤしていたんだと思う。それがこの時、頭の中の霧が一瞬にして吹き払われたかのようにハッキリと理解できた。そうだ、これこそ僕が長年探し求めてきた、僕の性の歩むべき道、天命なのだと。僕はしばしアルキメデスのお風呂やニュートンのリンゴみたいな、真理発見の爽やかな感動に包まれていた。

僕はその日のうちに思い当たる便所を自転車で回った。まず、女性のおしっこを覗くなら、やはり男女共同便所でなければならないと考えた。まさか女子便所に入るわけにはいかない。最初に期待を込めて行った「丸忠ホームセンター」は、確かに記憶の通り男女共同だったけれど、そこで僕は初めて、何とも忌まわしい物体と出会うこととなる。個室同士を隔てる仕切り壁の下の隙間はたしかに五センチほど空いていた。しかしそれを、何とも陰険なことに、ステンレスの細長い板を打ち付けることで塞《ふさ》いでいたのだ。

甘かった。僕が思いつくようなことは誰もが思いつく。この世界には同好の士がゴマンといるのだ。そして日夜、便所を管理する側と激しい攻防戦を繰り広げていたのだ。その日に回ったうち、男女共同便所は他に三カ所あったけれど、うち二つはこのように無情な横板で塞がれ、一つは最初から隙間自体ない厚いタイルの壁だった。

しかしこの道しかないと決めた僕は、容易なことでは諦《あきら》めない。この日から最高のトイレ覗きスポットを探す僕の闘いは始まった。学校からの帰り道、わざと街の中心地を自転車で通って、デパートやショッピングモール、書店や雑居ビル、街中や公園などの公衆便所をチェックして回った。

なかなかいい場所は見つからなかった。しかしだんだんと傾向と対策はつかめてきた気がした。まずわずかながら見つかった男女共同便所は、そのほとんどが古い建物だった。昔は性や排泄に関しておおらかな時代だったのか、トイレ覗きなんてフトドキモノがいなかったのか、それとも単に経済的余裕がなかっただけなのか、ともかくそういう傾向がある。真新しいビルはまったくダメだった。しっかり男女別にしてあるだけでなく、下に隙間のないコンクリートの壁だったり、ひどい場合は洋式だったりした。和式でなければならない理由は説明するまでもないだろう。しかしファーストフード店など、そういう新しいところにこそ若い女性は来るのだ。男女共同があるところといえば、例えば老人が詩吟講座に通う苔《こけ》むした公民館みたいなところばかりだった。また市内で最も老舗《しにせ》の本屋である光文堂書店のトイレは確かに男女共同であり、若い女性客も入るが、こういうところは当然のように横板が張ってあった。ただしここはなかなかの激戦地で見応えはあったけれど。仕切りにはパテで埋められた無数のドリル穴があったのだ。自分の先輩ではあるが、ここまでいくと「どうしてそこまでして……」という気がして、笑えてきた。

ここは一つ思い切って女子便所に入るしかない、ということはうすうす分かってきた。しかしやっぱり怖い。方々に例の鉄板が張ってあるということは、女性の通報があったということだから、トイレ覗きはけっこうバレると見るべきだ。もし最悪バレた場合、共同便所なら「ウンコをしていたらつい出来心で……」という言い訳をとりあえず言うことはできるが、女子便所ではいっさいの言い訳は効かない。悪質な確信犯と断定されるだろう。また覗きの現場だけでなく、出入りを見られただけでも捕まる可能性がある。僕はよほど女装して入ろうかと真剣に考えたほどだ。母親のカツラでやったことがあるけれど、僕は顔が女っぽいから女装はけっこう似合うのだ。けれどそんな姿で捕まった日には、週刊誌のいいネタになってしまうだろうと考えて諦めた。「麗しの変態会田誠君（17）」なんて写真入りで記事にされたら、僕の将来はオカマしかなくなる！

そんなわけでいろいろ考えた揚げ句、最初の決行地はかなり安全性が高いと思われる、護国神社の境内にある公衆便所にすることにした。ここは男女共同で、もちろん横板はない。街を見下ろす高台にあり、軍国主義的な背景があるため敬遠されているのか、いつ行っても人のいない寂しい神社だ。しかし日曜になれば、そんな歴史に無頓着な若いカップルが緑を求めて来るのではないか。その片割れに期待して、僕はトイレに籠った。そしてひたすら待った。やがて待つこと二時間半、ついに遠くから足音が近づき、そしてとうとう隣のドアは閉められたのだった。この時は死ぬかと思うくらい心臓が高鳴った。

けれど、……あとは手っとり早く書こう、隣に入ったのは婆さんだったのだ。しかし僕はしっかりと見た。何事も練習だと思って、苦い薬を飲み込むように。そうとうお年を召されていたようなので、僕くらいの年頃の息子を戦地で失った母親、なんてこともまったくありえない話じゃない。そのあとまた二時間以上待ったのだけれど、結局もう誰も来なかった。僕としては次に、あのしなびたケツと黒ずんだ股間と白茶けた陰毛のおぞましい残像を打ち消してくれる、若くピチピチした白い肌を熱望していたのだけれど。しかしこれも、僕の呪わしい性癖の幕開けを飾るにふさわしい場所と人物だったと、いまでは満足している。

この日からだいたい二週間くらい経っていたのだと思う、このスキー場でまさに探し求めていた理想的なトイレと出会ったのは。ちょうど一年前、去年の春休みの合宿だった。場所は頂上のロッジ。正確には一番上のリフトの乗り場近くにあるので頂上ではないのだけれど。トイレはロッジの外にある。まずロッジのテラスに登り、それから食堂の入り口に入らずに、その横手にある階段を降りる。そのテラスの下の半地下みたいなところにトイレはあった。積雪の変化に対応するため、その辺りはちょっと変わった構造をしていた。

このトイレがいかに理想的であるか。まず、男女共同・横板なしであることは言うまでもないが、その隙間の高さが、なんと、ゆうに15センチもあるのだ！　こんな超大らかな時代の遺物を残しているのは、ここが設備投資の余力のない寂れたスキー場だからだ。あの駅からの長すぎる山道にもオンボロバスにも感謝しなければならない。

また個室が三つあるのだが、この数もちょうどいい。一つでは当然何にもならず、また四つ以上でも困る。人は隣に誰か入っているところには入りたがらないものだ。そして一つ離れたところに入られたら、僕はもう何も見えなくなるのだ。二つが困るのは、何人も同時に来た場合だ。特に女性は「連れしょん」する場合が多いので警戒が必要だ。いつまでも一方の部屋が空かなければ、外で待っている人はやがて不審を抱くかも知れない。途中で出ればいいかも知れないが、やましいことをやった直後の顔を見られるのは心配だし、どうせなら来た女性全員の放尿が見たい。だから来た人全員をほぼ確実に見ることができて、なおかつ安全性も高い三つがベストなのだ。

さらにスキー場という立地条件もすばらしい。何といっても婆さんは来ない、これは大きな安心だ。また母親も小さ過ぎる子供もあまり来ない。やはりメインはピチピチした20代と10代だろう。またスキーは明るく楽しいスポーツなので、みんなちょっと頭がハイになっているようなところがある。日頃警戒心の強い女性でもスキー場では気が緩むかも知れない、また細かい話だが、スキーパンツというのは、特につなぎタイプの場合、履くのがめんどくさい。万が一バレた場合でも、相手がパンツを上げるのに手間取っている間に逃げおおせるかも知れない。

このように、まさに覗いてくださいと言わんばかりのトイレなのだけれど、それを見つけたのは悲しいかな、合宿の最終日の、それも帰る直前だったのだ。最後にそのロッジで数人とお茶を飲んだ。集合時間が近づいてロッジを出る時に、僕はトイレに寄った。そしてあの15センチの隙間を見つけたのだけれど、その時には悔しさのあまり、思わず実際に地団駄をバンバン踏んでしまったものだ。やっぱりスキー場では僕もハイになっていたのだ。合宿の間、すっかりそんな暗い趣味のことは忘れていた。

それでも諦め切れない僕は策を講じた。みんなで滑り出してすぐに「しまった、ロッジに忘れ物した」などと言って、一人で引き返したのだ。集合時間はおしていたので長くはいられなかった。しかしいつまで経っても誰も来ない。トイレの構造を見れば見るほど、ここが理想的だと分かってきて、なおさら悔しかった。もうこれが限界という15分くらいが経ち、ついに締めて出た。がっかりして滑り降り始めた僕は、ふと未練がましく後ろを振り向いた。するとあの階段を降りてゆく三人の女性の影が見えるじゃないか！

……あとの祭りだった。僕は降りしきる雨の中を猛スピードで駆け降りながら、来年こそは待ってろよと心に誓ったのだった。

などと書いているうちにちょうどリフトの降り口が見えてきたじゃないか。あそこを降りればすぐにロッジだ。

いよいよだ。

あーっ、緊張するー！

神よ、我に美しい女性が放尿するのをバレずに覗ける幸運を与えたまえ。アーメン!!

PM10：50　三ツ村温泉町派出所の独房にて

この暗く狭くそして冷たいコンクリートの部屋で今晩は夜を明かさなければならない。トイレ覗きがばれ、そして今、僕はすべてを失った……。

僕は最低の人間だ。人間のクズだ！　もう死んでしまった方がいい!!

なーんてウソだよ〜〜〜ん。本当は今はPM1：50頂上ロッジの食堂にてが正解。

騙された？　こんなんじゃ騙されないか。ハッハッハッ。いやーそれにしても大成功。ハッハッハッハッハッ、もー笑いが止まんなくって。今、トイレ覗き成功の祝杯を一人コーラであげてるところ。乾杯！

僕ってもー覗きの天才。悪の華。変態の星。もー何もかもうまくいっちゃって。あーもう幸せ過ぎる〜〜〜っ！

……失礼。ちょっと浮かれ過ぎた。

それでは浮かれる心を抑え、本日の戦果、御報告いたしましょう。

ロッジもそのトイレも、去年と何ひとつ変わる様子もなくそこにあった。このことにまず神の御加護を感じた。そうでなければ何も始まらない。

ここから僕の細心のチェックが始まる。まだ書いてなかったが、僕はその護国神社から一年あまりの間、市内でトイレ覗きを15回くらいやり遂げていた。男女共用と女子便所がだいたい半々の割合だった。僕はそれらの実践をもとに、僕なりの方法論をすでに確立していたのだ。そのうちにはけっこう危険な場面もあった。相手に気づかれて叫ばれ、走って逃げるということが二回あったのだ。そういう経験から導き出された第一セオリーは、「慎重過ぎるくらい慎重に」というものだった。

だからこの危険な悪事を前にして、どんな細かいチェックも怠ることなどないのだけれど、今回はさらに徹底しなければならない訳があった。さっきはスキー場はトイレ覗きに最適だと書いたけれど、同時にここほど危険なロケーションも今までにないとも言えた。もし市内で覗きをやってバレた場合、もちろんそれもイヤだが、家族に連絡されるだけで済むかもしれない。またもっとコトが大きくなって、警察と学校に知らされたとしても、地域住民や生徒の耳まで届かないかも知れない。家庭や学校の恥を進んで公表する親や校長は、あまりいそうにないから。しかしここは、山奥のさほど大きくないスキー場という狭く閉じられた空間に、僕の知り合いであるスキー部員が密集しているという状況なのだ。田舎の人は素朴かも知れないが、常識の信奉には厚くて、変態青年の未来に対してなど無配慮で残酷かも知れない。もし捕まったら、まず部員の耳に届くものと覚悟しておいた方がいいだろう。そして届いてしまったら、そこはそうそうたる明るいおしゃべり好きが集まっているスキー部のこと、僕の知り合いという知り合い全員に伝わるのは時間の問題だろう。そうなった時、僕はあの学校に、そしてあの街にいられるだろうか。東京辺りに家出して、コジキをしながら、公園に出没するというデバガメにでもなるしかないんじゃないか。

もちろん変態は変態で、けっしてリッパな行為であるはずはないのだが、かといって鼻歌まじりの気楽なゲームでもない、ということを分かって欲しい。いかに客観的にバカバカしくとも、主観的には毎回命懸けの、というかその後の自分の全人生を担保として懸けた勝負なのだ。変態というのは人格の根幹に係わることだから、そのペナルティーは万引きやシンナーの場合より深くあとを引くんじゃないかと思う。さらに僕はわりと学業優秀なのだ。言っちゃ悪いが不良とは落ちる時の角度が違う。

だからしつこいくらい点検とテストを繰り返すのは当然なのだ。今回はなんといっても、15センチという高すぎる隙間がチェックポイントの要だった。これは両刃の剣だった。高ければ高いほどこちらとしては見やすくなるのだが、それはあちらにとっても同じことなのだ。あちらは気配を感じやすくなり、ちょっと頭を下げるだけでこちらの様子を窺うことができることになる。

しかし前置きばかり長くなってもしかたがない。そろそろ最初の訪問者を紹介しよう。

このトイレに来る人は、軋んだ急な階段をあの重くバカでかいスキー靴で降りて来るものだから、もの凄い音を響かせることになる。ガシャコン！　ガシャコン！　と、ほとんどロボコップかガンダムだ。だから人生の賭けを前に緊張の極みにいる僕は、口から心臓が飛び出る思いがした。い、いよいよ来てしまったぁ！　と心は慌てふためき、全身がブルブル震えた。矛盾するようだけれど、その足音は死刑囚にとっての執行人のそれと同じようなものに感じられた。

……しかし、それは男だった。当然男女共同ではよくあることだ。僕は深呼吸をして気持ちを落ち着かせた。リラックス、リラックス……。男は小便器の方でしょんべんをして出て行った。

しかしその登っていく足音が、途中で輪唱みたいに交錯してリズムが乱れた。入れ代わりに誰か降りて来るらしい。その足音がさっきよりいくぶん優しくて、直感的にそれが女性のものであることが分かった。足音は迷うことなく一直線に僕の隣の部屋に向かい、入り、そしてドアを閉めて鍵をかける音が響いた。

すぐにチーッというジッパーを下ろす音、続けてカサカサッ、ガサガサッというナイロン地の衣擦れの音がした。この音は何度聴いても魅惑的すぎる。高まる期待で体中の血がいっせいに頭にかけ登り、その速い脈の音が頭の中でグワングワンと痺れるくらい鳴り響いた。

「特に最初は超慎重に。そのためには見えなくてもいい」、それが僕の第二セオリーだった。今まで相手にバレたのは、二回とも最初の頃の事だった。初めのうちは慣れていないし、前後不覚なくらい興奮しているので、間違って怪しい音をたてたりする初歩的なミスを犯しがちなのだ。だから僕は魅惑的な音のする方の仕切りに近づいていない。逃げることを考えてズボンは下ろしてないが、便器をまたいだ普通のウンチング・スタイルのままだった。その姿勢のまま、僕は小さな手鏡をポケットから取り出し、その面を約45度に保ったまま、ゆっくり床の近くまで下ろしていった。緊張と興奮で手が震え、鏡の中の世界はぐらんぐらんと回り、さながら地震パニック映画のようだった。その激しく揺れる映像の中に、まず鮮やかな黄緑色のスキー靴の一対を認めた。そしてその二つの間に、白く大きく丸みを帯びた物体が、ＵＦＯのマザーシップのような存在感で停泊していた。緊張のせいか、見る角度が特殊なせいか、毎回初めて見る時はそんなふうに不思議なものに見えるのだけれど、それがお尻だ。もうお尻を下ろしていたのか、と思ったその時、ゴボゴボ、ズジャーッ！　というもの凄い音が鳴り響いた。女性がよくやる、放尿の音を消すための最初の放水だ。ここは鎖を引く古いタイプで、水の勢いがやたらに激しい。最初は驚かされるが、実はこれは変態男にとってむしろありがたいことなのだ。水が流れている間はこちらも安心して、音をたてて体勢を変えたりできるから。大放水の爆音に紛れて、チョロチョロと可愛らしい音がする。すでにおしっこを始めているのだ。早く見なければ終わってしまう。とはやる気持ちと、いや、ここで焦ってはいけない、見えなくてもいいんだとたしなめる気持ちが葛藤を始める。なかなか心が落ち着かず、鏡の中の大スペクタクルは相変わらず続いている。お尻のアウトラインは見えるのだけれど、肝腎の真ん中にある秘密の地帯がぜんぜん見えない。揺れが激しくて、核心の液体の軌跡も見えない。この角度から見るとお尻のラインはわりと没個性でつまらない。これじゃあ「彼女のオリジナルな秘密を見ちゃった」という満足感は得られない。

しかしそうしているうちに、彼女はおしっこを終えてしまったようで、トイレットペーパーを巻き取るカラカラという音がし始めた。そして紙の塊を持った手が現れ、お尻の割れ目の奥を拭きだした。見えないはずだ、液体の噴出口はかなり向こうにあるようだった。この頃にはようやく心も落ち着き始めて、鏡の中も震度8から3くらいに落ちついてきた。僕は勇気を出して、もうちょっと仕切りの方に上半身を乗り出してみることにした。彼女は二枚目の紙を使っていた。ゆっくりと息を殺して鏡を仕切りに近づけてゆく。見えて来た。なるほど近づけば見えるじゃないか。可愛い肛門が見えた。あまり色は黒ずんでなくて周りに毛は生えておらず、今まで見てきた中でもきれいな部類に入る。さてその向こうは……と近づいた瞬間、さっとお尻は消滅した。立ち上がったのだ。

ドキンとした。彼女はいやに動作が速かったのだ。放尿を始めてから立ち上がるまで、ものの三〇秒もなかっただろう。だから「見つかったのか？　気づかれていたのか？」と脅えてしまった。「今すぐ逃げ出すべきか……。いや、もう少し待とう」。僕は鏡を引っ込めて、判決を待つ囚人のように体を硬くした。また放水の轟音。スキーパンツを上げる音。

……結局見つかったわけではなかった。彼女はドアを開け、とりたてて変わった様子もなく出ていった。彼女がゆっくりと階段を登ってゆく足音を聴きながら、僕はようやく大きく息を吸い込んだものだった。

逃した魚は大きいというのか、僕は肛門しか見れなかった彼女がものすごく美人だったような気がして悔しかった。けれど最初から肛門が見れるなんて珍しいことだ。

なによりもバレなかっただけでも大成功と言えた。

僕はポケットから名刺サイズの紙を取り出し、そこにこんなメモを取った。

「①、22？　尻白きれい　肛きれい毛なし　紙2　黄緑ダイナフィット　紺エレッセ」

省略したところを分かりやすく補完するとこうなる。

「一人目、推定22歳だが自信はない、お尻が白くて綺麗だった、肛門の色はきれいで周りに陰毛は生えてない、紙を二枚使った、靴は黄緑色のダイナフィット社製、スキーパンツは紺色のエレッセ社製」

最後の、靴とパンツをチェックした理由は分かるだろうか。もちろん僕がそんなスキーグッズのマニアなわけはない。あとで彼女をゲレンデで捜す時の手懸かりとしてぜひとも必要なのだ。下を見たなら上も見たくなるのが人情というものだろう。

それからしばらく誰も来なかった。その間に僕は、肛門しか見れなかったという今回の軽い失敗を乗り越えるべく、様々な実験と練習を繰り返した。まずここは一つ勇気を出して、便器から離れようと決めた。感づかれて逆に覗き返された時、便器をまたいでないと、言い訳の余地なく変態行為の目的でここに入っていたことがバレてしまう。けれど便器と仕切りは離れ過ぎていた。性器は下を向いているのだから、近づかなければ満足いく仰角《ぎょうかく》は得られない。そのためにはすっかり便器から離れ、仕切り近くの奥の壁にピッタリへばり付いていた方がいい。そしてどうせこちらを覗かれたらバレるのであれば、いっそのことひじとひざを地面に着けて、犬のように四つん這いになってしまった方がいい。見つかった時には、とにかくダッシュで逃げるしかない。経験から言えばこういう逃亡はけっこう成功するのだし、それくらいの冒険をしてもいいだろう。今の女性は若くて綺麗なようだった。リスクを恐れて肛門だけで我慢していたらもったいないくらい、ここはめったにない素晴らしいロケーションのはずなのだ。床には靴の雪が溶けた水が溜まっていて、肌まで染みてきて冷たかったけれど、熱くなっている僕がそんなことに構うわけがなかった。

　四つん這いがいいのは、鏡なしにダイレクトに覗く体勢に移行しやすいからだ。鏡は気軽なウンチング・スタイルのまま覗けて、服が汚れない利点があったけれど、むしろ欠点の方が多かった。まず光の反射が向こうの床に映ってバレる危険がある。ただし今回に限ればその心配はなかった。個室の上には電灯も窓もないので、映る光源がなかったのだ。また鏡も「ふとした出来心で……」という言い訳のきかない、常習性のある確信犯罪の動かし難い証拠品となる。しかし何と言っても、実在感・臨場感が損なわれるということが最大の欠点だった。四角に切り取られた世界は、僕にはやっぱり存在の不確かな虚像と見えた。もっとも僕の世代の変態くんには、これに同感しない人が増えているのかも知れないけれど。つまり写真やビデオの方がいいというタイプ。確かに繰り返し見れる点は魅力だったけれど、その時その場の、気配や臭いを伴ったナマな視覚の迫力を諦めて、黙々とファインダーを覗き続ける気には到底なれなかった。僕は病状が軽いのか、単に時代遅れなのか、よく分からないけれど。

10分ほど経ってから次にやって来たのは、若い女性の二人組だった。こうして友達同士しゃべり合いながら来てくれるとありがたい、声の質や話の内容から、年齢や容姿や性格がだいたい想像できるからだ。会社の仲間とグループで来ている、東京あたりの若いＯＬのようだった。

ところでトイレの大便器の並び方には、大きく分けて二種類ある。個室のドアの外から見て、便器が横に向いているか縦に向いているかだ。乾電池の並び方で例えれば、直列型か並列型かということになる。前者の方が一般的に多く、ここもそうだった（例の投稿写真誌に載っていたのは珍しい後者だ）。この直列型の真ん中に僕が入るということは、一方の人は僕にお尻を向け、もう一方の人は正面を向くことになる。覗くのに安全性が高いのは、断然お尻を向けている方だった。しかしこちらはあまりいモノが見られなかった。肛門と、その向こうの陰毛と、運がいいと、というのはその女性の体つきによるのだろうけれど、性器の一部分が辛うじて見えるだけなのだ。一方正面を向いている方は、「金隠し」を避けて斜めから狙えば、見所がたくさんある。下ろしたパンティーから恥丘《ちきゅう》の陰毛、性器の大部分、小便の軌跡まで、見たいところはほとんど見える。しかし代わりにこちらは非常に危険だった。犬・猫などもそうだが、人は排泄をしている時、なんとなくうつむいて下の方を見る。ちょうどその相手が見ているあたりの隙間から覗くのだから、怖いのは当然だ。床に落ちたちょっとした影の変化でも彼女は見逃さないだろう。要するにどっちもどっちなのだ。今はまだ始めたばかりなので、慎重にするというセオリーに従って、お尻を向けている方を重点的に攻めることにした。

まずは鏡を使う。さっきと同じく約45度に傾け、上から覗き込みながらゆっくりと仕切りの方に近づいていく。さっきに較べれば心はだいぶ落ち着いてきているので、鏡は細かく震えるだけだ（ただしここでまとめて書いておきたいのだけれど、こうやって覗く人数を重ねていくたびに、恐怖や緊張は反比例してどんどん減っていく、というものではない。いつも一回目が病的に興奮するだけなのだ。二回目も三回目も高い危険性は一定してあるわけで、それに伴う防衛本能に根差した恐怖や緊張はなくってはならないものなのだ。もういちいち書かないけれど、これから新しい人が隣に入るたびに、僕は新たに、苦しいくらい心拍数を速め血圧を上昇させた。それは今日の最後の人まで変わらなかったということを、頭のどこかに入れて今後読んでもらえるとありがたい。というのは、僕は恐怖や緊張を表すボキャブラリーの量に自信がなくて、単調な反復ばかりの文章になりそうなので、そのことはもう全部カットしたいのだ)。

ゆっくりとお尻が降りてきた。そして僕は思わず驚いた。あまりにあからさまに良く見えるものだから。今までトイレ覗きでこんなにマンコの形態がありありと分かるように見えたことはなかった。

一言で評すれば、汚い股間だった。肛門のまわりは黒ずんでいて、中心のキンチャクみたいな部分は白っぽいミルクコーヒー色をしていた。そうとう毛が濃い人で、肛門の周りにまで縮れた黒い毛をたくさん生やしていた。お尻は確かに女性らしく白かったけれど、肛門とマンコの周りの皮膚だけが唐突に赤黒くなっていた。お尻を向けている猿や鹿のような動物を思わせる、何かとても恥ずかしい突然の色の移り変わりだった。マンコの両脇の盛り上がったその色の皮膚（大陰唇というのかな？）に、陰毛が男のようにワサワサと生い繁っていた。そしてその繁みの中にあるマンコは、とても人間のものとは思えず、ほとんどアフリカに棲む巨大動物の質感をしていた。あるいはローストビーフの外側と言うか。あるいはブルドッグの口の両脇のあたりのよだれで濡れている垂れ下がった肉と言うか。最後のが一番近いだろうか。きっとアレを小陰唇と言うんだろうけれど、ビロビロの焦げ茶色のヘンなものが中央の割れ目からはみ出して垂れ下がっていた。右の方ばかりが肥大した、イビツな形をしていた。わりとブリッコっぽい可愛い声をしていたけれど。けっこう遊んでいるんだろうか。

どうしてここまで見えちゃうのだろうか。この「後ろから」というポジショニングは、たいてい肛門とマンコの最後尾だけがテリトリーのはずなのに。一つの理由は、高い15センチの隙間のせいで視界が広くなったことだ。まわりの状況が把握しやすくなったので、それとの対比でマンコの形状理解が容易になった。またここはかなり暗いのだけれど、視野が広いために明るく感じられ、陰毛の一本一本にまでしっかりとピントを合わせられる。しかしその15センチと組み合わさって、もう一つの予想外の幸運があったからこそ、ここまで見えるのだ。それはいかめしいスキー靴の構造だ。それはとてもしゃがみにくくできているのだ。その理由はスキーを操作する力学上の要請から来ている。スキーは常にスキー板の前の方に体重をかけなければならず、そのためにメーカーは足首とそれより上の部分に独特の工夫を凝らしている。簡単に言えば、足首は直角より少し前の方に傾いた角度でほぼ固定されており、それをさらに圧《お》しつけて狭めるために、すねに当たる部分はかなり高いところまでしっかり作ってある。スキー靴はほとんどが外国のメーカーだから、和式便所の対応まで考えていないのだ。だから女性は思うようにしゃがめない。ちょっと中腰の、鹿みたいに少しお尻をこちらに突き出した、長くやっていたら疲れるような恰好を取らざるをえないのだ。わざわざ僕に恥ずかしいところを見せるためにがんばっているような、不自然なポーズだ。さらに靴底が厚いことも手伝い、かなりお尻は上にあることになる。普通の隙間では覗けなくなるのだけれど、ここは15センチもあるのだ。分かってもらえただろうか、このほとんどマンコがマル見えの状況を。前のものすごい美人（？）もここまで近づけばここまで見れたのかと思うと、非常に悔やまれた。

後ろの方では早くも放尿が始まっていた。消音の放水がほとんど効かないほど、勢い良くほとばしっているようだった。けれどこっちの剛毛のお姉さんはなかなか小便を出さない。しばらくしてから、少量ずつ勢いなく漏れ出てきた。どうやら彼女は我慢できないお友達に付き合っただけで、あまり尿は溜まってなかったようだ。それでもせっかく来たんだから最後の一滴まで絞り出しておこうと考えたのか、何度も腹に力を込めてイキんでいるのが分かる。そのたびに肛門からマンコ周辺にかけて、つまり色の濃い部分全体が膨らんだり引っ込んだりして、不思議な蠢《うごめ》き方をした。彼女は小陰唇がビロビロに余っているので、そこに勢いのない小便がぶつかり、小便はだらしなく左右に広がって垂れた。鼻の詰まった象の放水って感じだ。生え過ぎた周りの陰毛がびしょびしょに濡れたことは言うまでもない。それどころか肛門やお尻の二つの丸い山の方にまで垂れてきた。包茎のチンチンも余った皮にぶつかって小便があらぬ方向に飛んで行くものだけれど（というのは僕のことだけど）、ここまで自分の体を濡らして汚すことはない。このタイプのマンコの持ち主がたまにいることを、僕はすでに知っている。初めて見た時には、「女性ってけっこう不潔なんだな」と驚き軽蔑もしたが、構造上しかたがないことであるし、皮（?）の余った仲間同士でもあるし、最近では同情的だった。

僕は途中から鏡をしまって、「直覗き」に切り替えた。片方のこめかみ・耳・頬のあたりを、べっとりと水（たぶん大小便の微量成分も含有）の溜まった、ものすごく冷たい床に押し付ける。年季の入ったイジメられっ子でも嫌がって泣きそうなことを、変態男は率先して喜んでやるのだ。しかしこうすることによって、リアルさは一段と増した。カバかサイの足の関節付近のような、小陰唇に細かく刻まれた皺の一本一本が手に取るように分かる。小便で濡れたことによって先の方が数十本ずつ束になってからまった陰毛。お尻にできた小さなデキモノの数々……。

彼女はようやく最後の一滴を出し切ると、カラカラと元気良くトイレットペーパーを巻き取り始めた。そして大量の紙の塊を持った手がヌッと現れた。さすがに自分のことは分かっている、これだけ周りを濡らしたらこれくらいの紙の量は必要だろう。しかし彼女はそれを、軽く股間に数回押し当てただけで、贅沢に捨ててしまった。そしてまた大量の紙を巻いてきて、同じように少し押し当てて捨てた。それを何度も繰り返した。貴重な森林資源を何と心得ているのだろう。爪にはピンク色のパールのマニキュアが光っていたし、きっとワガママな東京女なのだ。マンコはワイルドなアフリカの動物のクセして。

僕はこの「環境破壊の剛毛さん」をこれくらいで切り上げて、後ろの「我慢できなかったお友達」も少し見ておくことにした。こちらも今紙を使っている最中のようだった。さっき書いた通り、こちらはウカツに近づけない。再び鏡を使い、これ以上行ってはマズイというところまで来て、やっと前面の陰毛が見えた。きれいな扇形に生え揃っていた。しかし性器の方までは見えない。お尻の方から見え易くなったかわりに、前面からは見え難くなっているようだった。長く見ていては危険なので、僕は陰毛と靴のデザインを目に焼き付けて、早々に引き揚げた。今回はやっぱり「お尻の方から」を重点的に攻めた方が得策のようだった。

彼女たちが去ってから、また同じ形式のメモを取った。特に剛毛さんの場合は、そのカードの裏に精密な図解を描いた。僕は美術はけっこう得意なのだ。これを描いておかないと、大量に見た場合、誰がどのマンコだったか分からなくなる。「剛毛、色素濃し」だけでは漠然とした分類にとどまり、まだ完全な個別化にはならない。また自分の実見の印象を記録する方法として、きっと不鮮明になる、こんな暗いところの慌ただしい写真やビデオ撮影より、僕は自分の描画力の方を高く買っていたのだ。

二人のあとを追うべきか、少し迷った。あんなに股間全体を臭い小便でびしょびしょに濡らした不潔女が、どんな澄ました顔をしてゴキゲンなスキーヤーを演じているのか興味があったから。しかしそれはやめた。そうしてちょっと出ている間にも、どんなに目の醒めるような美少女が来ないとも限らないから。これなら絶対にそういうベッピンさんのものに決まっていると確信できるようなマンコが来るまでは、安易にあとを追うべきではないと思った。

しかしその心配は杞憂《きゆう》に終わった。しばらくして来たのも二人連れの女性には違いないけれど、どうやらこのロッジの厨房で働く地元のオバチャンのようだった。ものすごいズーズー弁で「ヤスオカさん家《げ》の息子さん」の噂話をしていた。それは個室に入って小便をしながらも、羞恥心なく僕の頭上越しに続けられた。もちろん僕は護国神社の時のように窮してはいなかったから、覗くわけはなかった。それにいくら鈍感そうであっても、従業員はよした方がいい。ここはよく覗くヤツがいると聞かされているかも知れないから。よりによってこんな人たちのために捕まったら、泣くに泣けない。僕はおとなしくしゃがんだまま、美しい妄想の破壊者たちが立ち去るのを待った。

次に一人で来たのはたぶん若い女性だったけれど、「正面向き」の方に入られてしまった。やっぱり恥丘の陰毛は見え、おしっこのラインも見えたけれど、怖くて近づけず、それ以上は見れなかった。この15センチという隙間はものすごくスカスカしている感じで、とても怖いのだ。今回はこっちに入られたら半ば諦めた気分でいようと決めた。

僕が慎重なのは、まず何よりも捕まりたくないからだ。それから、バレて運良く逃げおおせたとしても、非常に悔しいことが起きるからだ。被害者がロッジに通報して、隙間を横板で塞がれる可能性が高いのだ。そうされなくても、ロッジ側は変態がまた来るのを見張るかも知れず、どっちにしてもボロを出したトイレでは二度と覗けなくなる。合宿はまだまるまる三日あるのだ。ここでそうなったら悔し過ぎる。

それともう一つ理由があった。バレるのは相手を傷つけると思ってイヤだったのだ。ただし今さら善人ぶるつもりではない。相手の心が動くのがイヤなだけなのだ。僕が覗きに熱中するのは、それが「悪」だからに違いないけれど、僕の好きな「悪」は、こちらの純粋に観念的な「悪」であって、現実の人間関係の中に現れてしまった「悪」はまっぴらゴメンだった。だから、逃げおおせたのだけれど、今までに二回見つかった記憶は、今でも僕にものすごい不快感を与え続けている。

つまり僕にとって覗きの快楽とは、相手に知られないからこそ生まれるものなのだ。バレさえしなければ、相手は何も知らずにその後の人生を生きてゆく。相手を含めた全他人に永久に微量たりとも影響を与えたことにはならない。成功した覗きとは、いわば「被害者なき犯罪」なのだ。この「悪」は現実にはいっさいの形を持たず、ただ観念として僕の大脳皮質にだけ宿る。この完全に孤独で観念的な清潔感こそが、覗きの至福だった。「発覚」とはこの美しいバランスを壊し、不潔な人間ドラマに引きずり降ろすことなのだ。それを恐れて、僕はどこまでも慎重になった。そういうヘンな審美的な面も確かにあるのだ。だいたい慈善家であれ平凡人であれ悪人であれ、あらゆる人の行動には、その人なりの頑なな美意識が必ず作用しているものではないだろうか。

さて、問題はこの次なのだ。この次に、とんでもない人が来てしまったのだ。

その人とは久保さん。この日記の最初の方にもチラッと出てきたはずだけれど、藤田の恋人で、二年は三人しかいない北高の女子部員の一人。なんでこの人がとんでもないかというと、それはとにかく、とんでもなく超絶の美人だからだ。

その前に藤田から説明していこう。藤田もけっこうとんでもない男なのだ。とにかくモテる。清和の一年の半分は藤田のファンなんじゃないかと言われるほどに。ここから、背が高くて顔立ちが整っていてスポーツができる男を想像したかも知れないが、その通りだ。さらに性格も学科の成績もいい。こう書けば次に、模範的な学級委員長みたいな男を想像したかも知れないが、今度はちょっと違う。ここがこんなにモテるポイントなんだろうけれど、適度に遊ぶワルでもあるのだ。部長でこそないけれど、（僕を抜かせば）いい男が揃っていると言われる北高スキー部の、中心的存在だった。

こういう藤田の恋人がブスなわけはないのだけれど、かと言ってただの美人でもないのだ。ちょっとこんな人は見たことがない。このますぐに芸能界に行けるんじゃないかと思う。美人の形容に「芸能界」はあまりにニュアンスが乏し過ぎるかも知れないけれど、実感としてそうなのだ。あんまり綺麗すぎて、ブラウン管の向こうみたいな実在感の希薄ささえあった。さっき湯山さんのことも美人と書いたけれど、このままでは美人のインフレだから、ここで整理しよう。湯山さんには悪いけれど、格が違った。久保さんと較べてしまうと、湯山さんでさえ愛嬌のある「個性派」になってしまう。湯山さんに人気が集中しているのは確かだけれど、それは久保さんが確実すぎる買い手に売却済みだから、ということも大いにあったと思う。だからこの恋人同士は完全無欠の美男美女カップルとして、北高で知らない者はなく、他校にもその名を轟かせていた。

この二人が話をしながらトイレに降りて来たのだ。僕はもちろん合宿の女子メンバーの放尿も期待して、ここに籠《こも》っていた。けれどよりによってこの一番の美人が、しょっぱなから来るとは夢にも思ってなかったのだ。僕がすっかり動転してしまったのは当然のことだろう。

二人はすぐに個室に入らず、しばらく僕のドアのすぐ外でこんな会話をしていた。

「まだ右の方がガタガタするんだけど、また見てくれない？」

「いいけど、保証はできないな。確か今一番強く締めてるはずだから」

「やっぱもう壊れたかな」

「前の衝突か」

「そう。それにあのマーカー古いし。買い替えてもいいんだけど、せめてあと四日間何とかならない？」

「やってみるけど、あんまり期待すんなよ」

「マーカー」というのはスキー靴にスキー板をはめるビンディングという器具のメーカーだ。前の合宿で人と衝突した時にそれを傷めた、そんなどうでもいいことを話していた。けれどそんなものでも、こうして隠れて盗み聞きすることには、秘密めいた快感があってゾクゾクした。

そしていよいよ久保さんは個室に入った。久保さんは僕にお尻を向けている方に入った。そっちを選んだのは、きっと小便をしている藤田からそっちの方が遠かったからだろう。僕とは違って、いくら恋人同士であっても排泄の音は聴きたくも聴かせたくもないのが、普通のデリカシーなんだろう。これは僕にとって願ってもない幸運で、手放しで喜んでいいはずなのに、実はそうでもなかった。僕はすっかり迷ってしまったのだ。もしバレる危険が高い「正面向き」に彼女が入ったなら、僕はきっぱりと覗くのを諦めていたと思う。麗しい方のイバリの音を聴くだけで満足していたと思う。しかしこっちに入ったとなれば、やっぱり視覚の欲望がわいてしまう。ああ、どうしよう……。

どうして僕がそんなに慎重なのかと言えば、その主な理由は、ドアの外にいる藤田だった。バレて逃げた場合、久保さんが「捕まえて！」と叫んで、僕は藤田に取り押さえられるかも知れない。そうでなくても、確実に顔は見られるはずだ。そして困ったことに、藤田とは単に同じ部員同士という関係だけではなかった。人は意外に思うかも知れないけれど、僕は藤田とけっこう親しいのだ。藤田にとって僕はそうではないけれど、僕にとって藤田は、スキー部で一番ひんぱんに口をきく相手なのだ。

　僕のような暗い変態と藤田のようなモテる男と、どこに結びつく要素があるのかと言えば、それは藤田の独特な性格だった。それを僕は自分の用語で「オールマイティーへの情熱」と呼んでいた。何でも知りたい、何でもできるようになりたい、不得意分野を一つも作りたくない、そんな情熱を僕は藤田にいつも感じていた。これを例えて言えば、テストで満点を狙える優等生が必要以上に教科書を隅々まで暗記するみたいな、あるいは、きっと総じてブスより美人の方が化粧がうまいみたいな、そんな心理なのだと思う。高レベルに達している者が、完璧化へと最後の追い込みをかける情熱、と言えばいいのだろうか。

　藤田は呆れるくらい、どんな人種ともよく付き合った。休み時間に優等生と方程式の解法の話をしたあと、授業をサボって仲間と街に遊びに行ったりした。そういう光景は二年はクラスがいっしょだったので、よく見かけたものだった。不気味な変わり者と思われ、あまり人の寄りつかない僕にも気さくに話しかけてきたのも、きっとその延長なのだ。僕と付き合うことで藤田が強化しようとした、自分の弱点と思っているらしい分野を、僕は何となく想像できた。内省的な精神性、読書、文学……、自分で言うと恥ずかしいが、まあそんなところだろう。けれどそんなものがまったくの誤解であることは、このノートを読んできた人なら分かるはずだ。精神性も文学もあったもんじゃない、単にモテないことに開き直った変態に過ぎないのだから。けれど誤解であっても、僕には貴重な話相手の一人だった。それに藤田はさすがに女性を魅きつけるだけあって、性格のいいヤツだったし、話をしていて面白かった。だから僕はこの関係は、誤解から始まったとしても大事にしようと考えていたのだ。その恋人の放尿を覗く、これはさすがの僕でも気が引けることだったし、バレた時のカタストロフィーは想像を絶していた。

また久保さんの性格も問題だった。傲慢《ごうまん》や陰険《いんけん》とは違うけれど、やっぱりあれだけの美人として育ったから、女王様のような毅然とした性格は具《そな》わっていた。とても快活な人だったけれど、だからこそアブノーマルを峻拒《しゅんきょ》する強い意思がありそうだった。

こういう人にバレるのが一番恐ろしい。一生涯地の底まで、侮蔑され呪詛《じゅそ》され断罪されるんじゃないか、という気がした。

しかし、説明が長くなったので結論だけ書こう、いろいろ迷った揚げ句、結局僕は覗いたのだ。芸能人級のマンコの魅力は、アヤシイ友情の絆より、女王様のお仕置きより強かった。

僕は今日最初の人のように、また極度の緊張に陥ってしまった。重複するからくどくは書かないけれど、ガチガチと歯がぶつかる音を抑えるのに必死なくらいだった。で、問題の久保さんのアソコはと言うと……。予想していたラインだったけれど、それ以上だったのですっかり驚いてしまった、といったところだろうか。神様の気まぐれな性質、というものも考えてしまった。きれいすぎるのだ。完璧すぎるのだ。神様は興が乗るとあそこまで細部の仕上げに凝っちゃうものなのか、というヘンな感想が浮かんだ。

いわゆる「フランス人形のよう」に、ツルツル・スベスベしていた。大陰唇の皮膚はぜんぜん黒ずんでなくて、お尻と同じ張りのある健康的な肌色が続いていた。普通性（排泄）器周辺の皮膚というのは、だんだん「動物的ゾーン」に近づいてきた予感を漂わせて、黒ずんだり細かい皺がよったりしているものだ、僕の過去のトイレ覗きのデータから言うと。それが性器と接する最後まで、尊厳ある「人間の皮膚」を保っているのだ。もし人類の股間がみんなこうだったら、性器を隠す習慣は生まれなかったんじゃないか。それくらい、白昼堂々見せても恥ずかしくないような清潔感があった。

そして僕は陰毛にも目を見張った。久保さんは未成熟な感じはぜんぜんしないはずなのに、生え始めの少女のようにとても量が少ないのだ。肛門は当然、性器の周りにもほとんど生えてなくて、それは恥丘の方にわずかに固まっていた。けれどそれも疎《まば》らで、たぶん一本一本が細いのだと思う。陰毛なのにあまりのたくっていない滑らかなウェーブで、明るい栗毛色に見えた。だからあの陰毛特有のジメジメと湿ってザワザワと生い繁った、熱帯雨林のような印象がまるでない。気候帯で言えばステップかサバンナだ。乾いた風になびく慎ましい草むらのようだった。

性器はよく見えたはずなのに、よく見えなかったような印象がある。というのは前の人のように、内容物がビロビロに余って垂れ下がっていたりしないからだ。きれいな対称形をした一対の小陰唇は、ふっくらした大陰唇に挟まれて行儀よく並び、締まりよく重力に耐えていた。少女の単純な一本線の割れ目とは違うけれど、どこにも成長に伴う予想外の乱れが生じていないので、プラスチックの人体模型を見ているようなリアリティーの希薄さがあった。髪の色もやっぱりきれいだった。けしてローストビーフの焦げ目のような黒ずみはない。ピンク、というと人工的な感じがするから、唇のような自然な赤みを帯びた桃色だった、と、ここは大切だから正確に書いておこう。

けれど人工的なくらいきれいなピンク色で驚いたところがある。それは肛門の内側。僕はこの一年間のトイレ覗きのキャリアの中で、たくさんのマンコを見てきたと言うよりも、たくさんの肛門を見てきたと言った方が正しい。それは便器の並び方が直列型が多く、後ろから覗いた方が安全で、普通はここのようにマンコがよく見えることはないからだ。だからデータは豊富なのだけれど、こんなきれいな肛門は今まで見たことがない。本当にここからウンコを出しているのだろうかと、疑わしくさえなってくる。直腸の裏返りみたいなものだろうか、ハトメのように穴の周辺に膨らんで、黒ずんだ部分がほとんどないのだ。そういう排出口特有の奥からめくれ上がってくる感じがなくて、むしろ手前からセンマイドオシを押し込んだような、小さくてさりげない穴なのだ。白いお尻のなかに、周りに何の予告もなくいきなり、放射状の皺がきつくすぼまった薄桃色の肛門が出現していた。そしてその肛門が時々緩む。おしっこを膀胱から押し出す波状のリズムを、お腹の辺り全体を使って取るたびに。その時内側にチラリと見える直腸から続いた粘膜が、色鮮やかなピンクなのだ。これがとても可愛い。何となく桜餅に埋まっている桜の花の塩漬を連想させる可憐さがあった。

おしっこは久保さんの毅然とした性格に似合った、勢いがよく乱れのない一直線の軌跡を描いていた。だからこれも絵に描いたように単純で面白くない。途中で便器の放水が止まると、「シーッ」という尿道から噴出する高音が聴こえてきた。それと共にごくわずかに、出した直後特有の新鮮な小便の臭いが鼻孔に入ってきた。これが僕のものとあまり変わりのない臭さだったので、僕は初めてリアルに久保さんの生きている肉体を感じて、とても嬉しかった。何度も吸い込んで、鼻が慣れないうちに急いで堪能した。

一番最初の人と久保さんは肛門の可憐さで似ていたけれど（でもやっぱり久保さんの方が上だった）、性格も似ているのかも知れない。久保さんもトイレの中での動作がテキパキしていて速かった。放尿は10秒もなかったと思う。一気に放出して、最後にリズムよく三回イキんで残りを絞り出した。さほど周りを汚していないので、二枚の紙でサッと拭くと、すぐに立ち上がった。そして手際よくズボンを上げる音がして、ドアを開ける音が響いた。

……二人が出て行ってしばらく、僕はメモを取ることも忘れてほとんど放心状態だった。久保さんの性器が作り物のようだったこともあって、それを思い出しても、つい今さっきのことなのに、何か理想化された幻を見るような虚ろな気分に囚われた。

ここでちょっと書いておきたいことがある。こういう行為をしている時の僕の身体上の特徴について、何か誤解している読者がいるかも知れないからだ。なぜなら、テレビやマンガに出てくるステレオタイプの変態さんは、たいていハアハア言いながらチンチンを立てているからだ。そういう人も確かにいるだろうけど、僕はけっしてそうではなかった。そして僕みたいな人種もきっと多いはずで、こっちの方が事態が深刻だと思っていた。僕にとって変態とは、そんなチンチンが立つような健康的で愛すべき行為ではない。もっと冷静で酷薄なことだからこそ、変態は忌まわしいものなんじゃないかと思っていた。女性を見て興奮するのは、それがもし恋人や妻なら正常なことであって、そのテレビの変態さんはただ社会的なルール違反をしているに過ぎない。だからそれはほとんど健康な人の創作物なんじゃないかと、僕はつねづね疑っている。

トイレ覗きをしている間は極度の緊張を強いられるので、チンチンがかえって縮こまるのは当然としても、あとになってもその記憶や記録は、ほとんどその膨脹を手伝わなかった。平たく言えば、ズリネタに使えなかった。では何の実益もないつまらないことだと悟ってやめるのかと言えば、そうではない。またどうしてもやりたくなるのだ。つまりこれは、性欲発散の一手段と言うよりも、それ自体が目的化したある精神的な欲求と言った方が近い行為なのだ。それは「スリル」や「悪」ということだろうか。とすると生活に困っていない主婦の万引と同じになる。確かに似ているところもあるけれど、やっぱりどこかが決定的に違う気がする。

なぜこんなことを今書くかと言えば、僕は久保さんをズリネタに何度もオナニーしたことがあるからだ。僕が生まれてから実際に出会った中で最大の美人の久保さんは、当然のように毎夜の妄想の中で一番頻出度が高かった。けれどその憧れの久保さんの性器を実際に見ることができたことで、妄想に現実味が増し、ますますズリネタとして磨きがかかったかといえば、どうもそうではなさそうなのだ。かと言って幻滅とも違う。とても不思議な感覚に囚われた。

つまり、もともと覗きと性欲の間には接点がほとんどない、別次元の問題と思えるのだ。もっと正確に言えば、覗きは広い意味での性欲には含まれるだろうけれど、勃起という狭い意味での性欲とは（僕の場合）関係を持たない。覗きはいわば勃起なき性欲なのだ。僕の勃起、つまりオナニーはそうとう非現実的で妄想的だと思う。だから例えば湯山さんも十分に美人だったけれど、よく話をすることで現実味が増したので、最近ではほとんどオナニーに使えなかった。それに対して覗きは、極端にリアリスティックなのだ。覗いている時の僕のチンチンが縮こまっているのは、主に緊張しているからじゃないと思う。目と脳味噌があまりに冷えきっているからなのだ。

幸運は続けてやって来る。久保さんが本日のメインディッシュだと思っていたら、次にまたすごい美食が、それも大量に出てきてしまった。そのおかげで、今僕は満腹で苦しいくらいなのだ。

それというのは中学生の団体。僕は気の弱い男の常道として、それくらいの年代の女の子は大好きだった。ただし自分ではロリコンと思っていない。法律の定義は知らないけれど、僕は生理が始まって妊娠能力のある少女は、20代や30代と変わらないリッパな女性だと思っている。ただ少女たちの方が風化が始まってまだ日が浅い分、単純に美しいだけだ。30からが女盛りなんて、苦しいレトリックにもほどがある。自分は単に偏見のない審美眼《しんびがん》を持っているだけなのだ、と僕は思っていた。だから僕は生理よりずっと前の小学校低学年や幼稚園児が好きな不可解な人たちに限定して、ロリコンという言葉を使っていた。

この団体はスキー場をほとんど占拠しているくらい大きかった。だから今日はトイレ覗きを目的としてゲレンデにやって来た僕は、そこに溢れるこの少女らの歓声を聴いて、思わず「よしっ」と言って拳を握ったものだった。二年生くらいだろうか、学校行事として一学年全員で来ているようだった。少しアカ抜けていたから、地元の村というよりは近くの町の中学校のように見えた。このマイナーなスキー場は団体の利用が多いのだ。

久保さんのあといつまでも次の獲物が来ないので、もう出ようかと考えていた。そこにいきなりそいつらは、雪崩《なだれ》のように押し寄せて来たのだ。入れ替わりで男女合わせて30人くらいは来ただろうか。元気な田舎の子だからギャーギャーうるさい。ひっそりとしていたトイレは、一瞬にして中学の教室の休み時間に変わった。けれどやっぱり思春期だから、男女共同便所にテレている感じだった。「やだー、なんで男子といっしょなのー」とか「お前ウンコだろう」とかいう可愛らしいセリフが飛び交っていた。中で「女の使う便所はクッセー」と叫んでいたヤツがいたけれど、あれは分かってて言ったのだろうか。僕は自慢じゃないけれど女子便所に詳しいから、そこに必ず漂っているメンスの異臭に馴染み深かった。ハッキリ言えば、教室や街中でそれが臭うとウットリして嗅ぐくらい、愛好していた。

ところで、この時僕は合計13人覗いた。それを全員前の調子で詳しく書いていたら、本当に日が暮れてしまう。それにそろそろ読者は飽きてきたんじゃないかという心配もある。だから今回は、中でも特に可愛かったコだけ選り抜きして紹介することにする。

どうして可愛いコとそうでないコが見分けられたのかと言うと、それは当然僕が彼女らのあとを追ったということだけれど、その時二つの幸運があった。一つは彼女たちのほとんどが貸し靴だったこと。靴の踵とつま先に「貸し靴番号」がハッキリ書いてあったから、僕はその数字をメモするだけでよく、何も紛らわしいことがなかった。もう一つは彼女たち全員が、さっきまでこのロッジの食堂で食事をとっていたことだ。

たぶんクラスごとに担任が引率して別行動しているのだろう、男女40人くらいがここでワイワイと騒ぎながらウドンを食べていた。しかも親切なことに、彼女らはみんなマジック書きのゼッケンを付けていた。だから僕は13人全員の、顔も性格も名前さえも分かってしまったのだ。

その中で一番のベッピンさんは「新谷」さんだった。これは僕だけの意見ではないはずだ。見ているといつでも男子が数人取り巻いていて、かなり人気があるようだった。周りの男子よりも背が高くて、体形も顔立ちもズバ抜けて大人だった。胸はDカップはあったと思う。すでに母親の包容力があるのか、「好きっ子イジメ」でちょっかいを出してくる幼稚な男子を、優しく微笑みながら見下ろしていた。こういうタイプは必ず「学級副委員長」をやっていると見た。当然顔は美形だった。色白でふくよかで、強いて難を言えば、将来ロシアの女のようにデブる心配がないでもない。けれどどうせ僕はもう一生会わないわけで、今がこんなに輝くように美しいのだから、何の不満もあるわけはなかった。

で、彼女のトイレはどうだったかと言うと、まずあんなに大人びた体つきなのに、股間は完全に無毛だった。彼女は「正面の方から」覗いたのでそれは確かなはずだ。

一瞬靴の番号を間違えたかとメモを見直したくらい、そこは意外に小学生のようにツルツルだったのだ。きっと久保さんと似たような体質で、彼女は大人になってもあまり生えてこない人なのだろう。けれどマンコの形は、少女の「一本線の割れ目」よりは多少複雑になっているようだった。割れ目の中に、前から見てみたいと思っていた「クリトリス」とおぼしき突起を発見して、僕はとても喜んだのでよく憶えている。僕はこんなキャーキャー騒いでいる少女たちに警戒心なんてないだろうと決め込んで、「正面の方から」であっても臆せず近づいて覗いた。だからそのクリトリスの一センチくらい向こうからおしっこがほとばしる詳細な図解まで残すことができた。それがこんなみごとな美少女のものだったなんて、僕は何てツイてるんだろう。僕はこの美形を忘れないように、メモの横に似顔絵まで描き込んだ。

この「新谷」さんの正統的な美しさに対抗していたのが、個性的な「田村」ちゃんだった（どうしてもこのコは「ちゃん付け」で呼びたい）。このコは逆に人気がなくて、イジメられっコでさえあったかも知れない。テーブルの隅で一人ぼっちでオドオドしながらウドンを啜っていた。けれどそのいつでも泣きそうな疲れた表情に、妙な色気が漂っていた。

このコはかなり背が低くて、心も体も一番成長が遅そうなのに、今度は逆に陰毛がしっかり生えていた。しかもけっこうマンコ周辺に色が付いていた。まさか非処女とか遊んでるなんてことはないはずなのに。ぜったいに非処女の久保さんの股間にほとんど色素沈着がなかったことを考えると、マンコの色というのは生れつきの性質で、SEXの回数とはあまり関係がないのだろうか。いや、しかしオナニーなら、例えば幼稚園の頃からやっていたのかも知れない（そんな子供がたまにいるとどこかで読んだ）。この子は家庭に問題があるような気がした。例えば母親に逃げられたアル中の父親が、まだ小さい彼女を少しも構わず、彼女は寂しさを紛らすために自然に股間に手が行って……。なんてドラマが勝手に浮かんでしまうような、幸薄そうなコだった。

またこのコはそうとう不潔症だった。周りの陰毛をびしょびしょに濡らしたくせに、一回サッと拭いただけでパンツを履いてしまった。食堂で見ていても、髪はボサボサで顔も何だか汚れて見えた。動作もどこかぎこちなくて、まるで、あるいはもしかしたら本当に軽いビョーキなのかも知れない。けれどよく見ればけっこう愛くるしい顔立ちなのだ。同級生の男どもはずっと無視していたけれど、この絶妙な美に気づかないのだろうか。きっと気づいているんだろう。気づいていて、可愛いからよけいにイジメたくなるSみたいな感情を掻き立てられるんじゃないか。……どうも田村ちゃんは見ていると色々なドラマを勝手に空想させてしまうようなところがあった。僕はこういう味わい深いコも、新谷さんのような正統派に負けず劣らず好きだった。

とにかくこの二人が13人の中で群を抜いて魅力的だった。他にも五年後に綺麗になるかも知れない「小川」さんとか、血塗れのナプキンを替えた「斉藤」さんとかのことを書く予定だったけれど、この二人のことを書いたらどうでもよくなってきたので、あとは全部カットする。僕はかなりの面食いなのだ。いくらマンコがきれいで生え始めの陰毛が初々しくても、顔が良くないとたんに興味がなくなってしまう。顔さえ良ければ体はどんな見てくれでも構わない。それぐらい僕は「顔至上主義者」だった。こういう男はアイドルオタクを見れば分かる通り、ブ男と相場が決まっていた。きっと所有者になる可能性が最初から閉ざされているから、鑑賞者としての純度がいやに高まって、やたらに注文のうるさい評論家になってゆくのだろう。みっともないこととは思うけれど、これが宿命なんだから仕方がないじゃないか。

とりあえず以上。いやー疲れた、二時間近くもこのノートをつけていた。せっかくスキー場に来て、バカじゃねえのとも確かに思う。

じゃあそろそろ滑ることにするか。でもその前にもう一覗きしようかな。

――バカ。

PM5:40　つくしの間で夕食を待ちながら

あれからまた三〇分くらい籠って五人覗いたのだけど、とりたてて書くほどのことはない。というのはやっぱり、久保さんと新谷さんと田村ちゃんが強烈すぎたのだ。ボケーっとしてしまった。こういうのは芥川龍之介の『芋粥』現象とでも呼べばいいんだろうか。多すぎたグルメのあとに来る、何となくの倦怠感・虚脱感……そんな症状にちょっとかかってしまったらしい。と言ってももちろん、これでやめるわけじゃない。明日もあさってもやるに決まっている。ただやっぱり、一日の適切な摂取量というのはあるらしい。

あときっと、このノートに詳しく書きすぎて、それで疲れちゃったんだと思う。まあ、前回しつこいくらいに書いたおかげで、トイレ覗きの実際についてかなりのところまで紹介できたと思う。もうこれくらいでいいだろう。今後の記録はあの図解入りのメモに任せて、このノートにはものすごい美人とか清和のコとか、何か特別なことがあったら書くということにしよう。

それで今回は、そのあとゲレンデに出てからの部員との交流を書くことにする。僕はけっこう長くトイレに籠っていたから、今日は結局一時間半くらいしか滑らなかった。けれどその短い間に、けっこう面白い展開があったのだ。『青春と変態』の予定調和は成功するかも知れない。そんな予感をさせるような青春チックな展開が。つまり今日のスキー場での前半と後半では、この二つの対比が際立っていて、けっこう満足のいくグロテスクさだったのだ。

五人目、つまり今日最後に覗いた人のマンコはとてもきれいだった。直感でこれは絶世の美人に違いないと確信して、あとを追うことに決めた。彼女が出て行ってしばらくの間、僕は個室でメモを取っていて、それから外に出た。お目当てのオレンジ色のノルディカ（というメーカーの靴）を捜すと、それはすでに斜面を下りつつあった。僕は急いでスキーを履いて、彼女のあとを追った。けれど相手はけっこう上級者だった。しかも僕は今回まともに滑るのはこれが初めてだったし、あの暗い穴蔵に長いこと籠っていたから、外は眩し過ぎて雪の凹凸が見えなかった。それでつまり、しょっぱなから見事にすっ転んでしまったのだ。かなり遅れを取ってしまったけれど、それでも僕は美しいお顔を一目でも拝みたい一心で、必死に追い縋った。そしてもうすぐ追い越せるというところまで迫っていた。その時突然、

「会田くーん！」

と誰かに呼ばれたのだ。僕は驚いて、ものすごい雪煙りを上げて急停止した。声のした方を見上げると、おなじみのピンクのスキーウェアーを着た一人が、ストックを振りながら降りて来る。清和は一年は水色、二年はピンクのウェアーで統一していたので、遠くからでも一目で分かった。

それは湯山さんだった。彼女は僕のところに来て言った。

「会田くんものすごく飛ばしてたね。どうしたの？」

確かに普通のスピードじゃなかった。けっこう飛ばしてくれる絶世の美女（予想）を追って、さらに狂った野獣のような猛スピードを出していたのだ。そのことや、トイレ覗きさえもバレているような気がして、僕はすっかり焦ってしまった。

「どうもしないけど……、なんとなく気分が良かったから……」

などとモゴモゴと答えてしまった。

僕はソワソワしていた。こうしているうちにも、せっかく肉薄した絶世の美女（予想）は、どんどん遠ざかっていくからだ。あの色鮮やかな小陰唇の襞々《ひだひだ》がまだ瞼の裏にくっきりと焼き付いているうちに、その上にある美しいお顔も拝見したい。チラッと斜面の下の方を見ると、もうその後姿はかなり小さくなっている。どうしてこんな時に呼び止めるんだよオ……と、湯山さんが恨めしかった。

「会田くん、いつも一人ね」

「まあね」

僕の答えは上の空だった。

「一人が好きなの？」

「そんなことはないけど……」

ソワソワはだんだんイライラに変わっていった。けれど次の湯山さんの一言で目が覚めた。こっちの気のせいだったかも知れないけれど、どことなく恥ずかしそうな口調でこう言ったのだ。

「あたしも今一人ぼっちなんだけど、いっしょに滑らない?」

ほら、青春っぽくなってきたでしょ。

湯山さんにわざわざそう言われたなら、話は別だった。僕は湯山さんとよくしゃべる方だったけれど、こんな風に意図的に二人きりで滑るようなことはなかったと思う。そうだ、これはけっこうラッキーなことなんだ。清和一の人気を誇る湯山さんにこう言われるなんて、他の男だったら舞い上がっちゃうくらいのことなんだ……。見れば絶世の美女(予想)の影はもう見えなかった。いいさ、諦めよう。そんなに大きなスキー場でもないし、またどこかでオレンジ色のノルディカとは再会できるかも知れない。それに絶世の美女だったって「予想」に過ぎないじゃないか。彼女が湯山さんより美人である保証はどこにもない。それならこの際ノンビリと、確実な清和一の美人とスキーを楽しんでしまった方がいい。

けれど、ここで「湯山さんは僕に気があるのかな」なんて自惚れてはいけないことは分かっている。その理由は午前に書いた通りだ。僕は顔がいいわけでもないし、背も高くないし、スポーツもスキー以外、どこかに欠陥があるくらい下手だ。さらに決定打として、どうしようもなく気色悪い変態だ。それは秘密にしてあるにしても、その根っこにある性格の暗さは隠しようもない。どう考えたって湯山さんと釣り合うわけがない。僕らをカップルと呼んで笑う部員を僕はぜんぜん責める気がしない。

けれど……なのだ。午前のバスの中といい、今回といい、湯山さんの態度が今までとちょっと違っているような気がするのは、気のせいだろうか。話しかけてくるタイミングが何だか唐突だ。だから二回とも僕の反応はビクついたものになっちゃったんだけど。そして「いっしょに滑らない？」のセリフ。こんな親しげな言葉をあっちからかけてきたことがあっただろうか。それに何だかテレた感じで言った気がする。そうなるといくら謙虚を心がけている僕としても、ちょっぴり欲が出てきてしまう。もしかしてもしかしたら、僕に気があるなんてこともあるのかな。いよいよ最後の合宿になって、名残惜しくなったのかな、などと。けれどそう思った瞬間に、さっきまで暗いトイレで這いつくばっていた自分の醜い姿が思い出されて、慌てて打ち消すことになる。いやいや、そんなことはありえない。どう考えたって僕と湯山さんじゃギャグにしかならない……。

結局よく分からない。確かに湯山さんは何を考えてるのかよく分からない。僕も人からよくエキセントリックと見られるけれど、本人としてはそれは薄っぺらなものだと自覚している。要するに変態という秘密があるだけなのだ。それは人には言えないから神秘的にもなるけれど、言ってしまえば単純な答えだ。けれど湯山さんの方は、もっと本格的で根が深い気がする。僕のように人には言えないコンプレックスなんてありそうにない。僕のような後暗い二重生活から来るのでなければ、この何を考えてるのか予測がつかない、こんがらがった印象はどこから来るのか。これはやっぱり、本当に頭のネジが生まれつきどこか一本外れているのかなと、どうしても思えてしまう。考えてみれば「文学カップル」とは言い得て妙なのかも知れない。どうしてあんな美人がこんな男と一番親しくならなきゃいけないんだと、僕だってみんなと一緒に頭を抱えたくなる。

けれど一緒に滑ることを断る理由は何もない。さっきの会話の通り、僕は合宿で一人で滑っていることが多かったけれど、そんなに好き好んでやってたわけじゃない。ただいつも自然とそうなってしまうだけだった。そして一緒に滑る相手が美人の湯山さんであれば、悪い気がするわけが、というか楽しくないわけがない。なんせ僕は「顔至上主義者」なのだ。錯覚とは分かっているけれど、ゲレンデ中の注目を浴びてるような優越感に浸ってしまう。一人で滑っていれば群衆の一人に過ぎないのに、美人と滑っているだけで、その場の主役になったような気がしてくるのはなぜだろう。つくづく美人って不思議な存在だと思う。藤田はいつも久保さんといっしょに滑っていたけれど、あいつの快楽を少し体験できた気がした。

ペアリフトなどでは「一人が好きなの？」の続きで、主に友達の話などをした。僕は湯山さんと「よくしゃべる方」と言っても、それは他の女子部員とほとんど口をきかない僕の中で相対的に言ったまでのことで、そんなに気安い口を叩くわけでも、彼女のことについてすでに多くを知っているわけでもない。僕らがどんな調子で会話をするか、少しサンプルに書いておこう。

（前略）

「……でもそう言う湯山さんだって、みのりちゃん以外とあんまりいないじゃない」

「まあ、そうよね。スキー部ではみのりちゃんとばっかりかも知れない」

「でもどうしてみのりちゃんなのかな。あんまり共通点がないように思うけど」

みのりちゃんはけっこう普通のコで、というかハッキリ言ってしまえばちょっとバカっぽいコだった。

「そこがいいんじゃない？　私はみのりちゃん好きよ。素直でいいコだから」

質問しておきながら、性格は違うけれど気の合う凸凹コンビ（みのりちゃんは背が低い）であることは知っていた。会話のための会話をしている。

「ふーん。そーゆう人がスキー部にいてよかったね。僕なんかたまたまスキーができたから、この雰囲気知らずに一人でスキー部入っちゃったけど、完全に場違いだった。相変わらず一人ぼっちだよ」

僕は父親の仕事の関係で、小学校の後半の三年間を雪国で過ごし、その間にスキーを憶えた。僕が出来るスポーツは完全にこれだけだった。

「だけど藤田くんとはよくしゃべってるじゃない。気が合うんじゃないの」

「まあね。でも藤田は誰とでも気が合うから」

「？」

「だからさ、藤田はキャパシティーが広いってゆうか、誰にでも調子合わせられるんだよ。たとえ相手がこんな僕にでも」

「そんな卑下しなくたって」

「でもそう思うよ。あと話をするのは浅野くらいだけど、浅野は藤田の逆なんだよね。あいつは相手が誰であっても、いつものあの調子で押してくるんだよね。たとえ相手

「それは言えるかも」

と湯山さんは笑った。

「どっちにしても話しかけてくれるのを待ってる他力本願だし、踏み込んだ話なんてしないし、マトモに友達って言えるのかな」

「でもあたしだって、みのりちゃんと踏み込んだ話なんてあんまりしないわよ。みんなそんなもんなんじゃない？」

「そーなのかな」

しばらく沈黙が挿入。

「じゃあ学校には友達いるの？」

「いるよ。ものすごく地味なのが二人だけ。一人は僕よりずっと本を読んでるようなバリバリの文学青年で、もう一人は映像研究部部長のバリバリのアニメオタクくん。ホーフツするでしょ、そーゆう暗い三人が休み時間に廊下の隅でつるんでる図って」

「迫力ありそう」

「スキー部で浮くわけだよ」

僕はこの二人のちょうど中間あたりに位置して、プラスアルファー変態が加わったような、簡単にタイプに分類できない若者なのだろうと、自分を分析していた。けれどそのプラスアルファー、つまりトイレ覗きのことは二人に話していない。二人ともそういうシモの方の話題は得意ではなさそうだし、恐れられて離れられるのがオチだと思ったからだ。

「そうか。でもその二人にも、あんまり踏み込んだ話はしてなかった」

「でしょう。そんなものなのよ」

……ここら辺で（後略）にしておこう。

話に出てきたみのりちゃんと浅野とは、滑っている途中で会って合流した。他にいつも浅野とコンビの高橋もいた。せっかく僕は美人のガールフレンドを連れて滑る疑似体験を楽しんでいたのに……と、ちょっと残念な気がした。さほど大きくないスキー場だから、どこかで部員と会うのは当たり前のことなんだけれど。

しかしそうでもなかった。会うなり浅野が叫んだのだ。

「あ、文学カップルだ！」

もうすっかり広まっているらしい。高橋も「ひゅーひゅー」と調子を合わせた。浅野はニヤニヤしながら僕に近づいてきて、それから芸能レポーターがマイクを突き出す恰好をして、芝居じみた口調で訊いてきた。

「で、先生どうなんですか、実際のところ？」

「え？」

すぐに意味は分かったけれど、返答を考える時間を稼ぐために、一回しらばっくれた。

「だから、お二人がアヤシイとの噂があるんですが、実際はどうなんですか。湯山さんのことをどう思っておられるわけですか」

やっと返答が決まった。あっちが芸能レポーターで来てるのだから、こっちも大スターのように答えればいいのだろう。

「湯山さん？　まあどうしてもって言うなら付き合ってやってもいいけどね。シカタガナイ」

こういう軽い会話に慣れてない僕にしては、いい出来の冗談だったと思う。これが冗談になる理由は、もちろん「とても会田には似合わない」という衆目《しゅうもく》一致の大前提

があるからだ。次に湯山さんのリアクションが注目されたわけだけれど、それはニコニコしながらの、

「まあ嬉しい、光栄だわ」

というものだった。

これをどう解釈すればいいのだろう。ただ冗談をオートマチックに続けたというのが普通の見方だろうし、僕もそう見た。気分を害されてイヤミで言ったという線もあるけれど、笑っていたところを見るとそれはない気がした。けれど浅野は、そのどちらともちょっと違う解釈をしたようなのだ。やっぱりほとんど冗談だとは思っていただろうけれど、その中にいくらかの「本気」「マジ」が入っているような解釈をしたようだった。浅野は言葉の裏をあまり読んだりしない、言葉を文字通りに受け取るようなところがあった。急にレポーター役をやめて、それでもまだ芝居じみていたけれど、こう叫んだのだ。

「ったくやんなるよなあ。俺なんかふられたあと、三通も手紙書いたんだぜ。それが結局、このなんにも努力しないような会田に落ちつくわけ？　こーゆーのって、トンビにアブラアゲって言わない？」

僕も図に乗って、

「大番狂わせとも言うよね」

「おまえに言われたくねーよ。……あーあ、俺ももっと本でも読んどきゃよかった」

漫才コンビの高橋が首を振りながら、

「浅野。似合わない」

問題はこういう会話の間、湯山さんが楽しそうに笑っていることだった。浅野の言ってることを肯定しているわけでも、否定しているわけでもない。僕には湯山さんの気持ちがさっぱり読み取れなかった。けれどそういうわけが分からない中で、ふとこうも思えてきた。

『もしかしたら僕は慎重で謙虚すぎるのかも知れない。「光栄」って言葉は浅野のように、もうちょっと素直に受け取ってもいいんじゃないか。憎からずとか、いっしょにいて楽しい、くらいに解釈してもいいんじゃないか……』

それから一時間もなかったけれど、最後までこの五人でいっしょに滑った。その間ずっと、このとても釣り合うとは思えない新カップルの誕生というネタは続けられた。それはたしかに冗談のネタだったけれど、そのうち何割かは、「もしかしたら……」

というマジな部分が含まれていたような気がする。それはそう解釈した浅野が、この場のムードを主導したからだと思う。けれど僕も含めて誰も、湯山さんの本心をもう一度改まって問い正そうとはしなかった。それはヤボなことだった。それで僕らは、この危ういバランスの笑いを楽しむという、妙にくすぐったいような雰囲気を続けることになった。それを作った最初の原因は僕のセリフにあっただろうけれど、それがこんなに長く尾を引いたのは、湯山さんのよく分からないリアクションに原因があったはずだ。

例えば湯山さんが転ぶと、

「ほらほら会田、助けに行かなくちゃ」

などと言われた。湯山さんは運動神経はありそうだったけれど、スキーは高校に入ってから始めたので、急な斜面ではやっぱりよく転んだ。そういう時僕は、

「しょうがないなあ。まったく美江は世話のやけるコだ……」

などと言いながら、内心喜んで助けに行ったりした。僕は気の弱い男なのだけれど、だからこそ芝居じみて人工的な雰囲気の中では生き生きする、みたいなところがあった。湯山さんの名前を呼び捨てにするなんて、もし本気だったら口から心臓が飛び出

すくらい緊張するはずのことだった。けれど類型的な演技の範囲内だったら、僕はいくらでも大胆になれる気がした。僕はキザなナイト気取り（笑）で、急斜面のコブが苦手な湯山さんにアドバイスしながら、寄り添うように降りたりした。けれどペアリフトで湯山さんと二人きりになって、演技を見せるべき第三者がいなくなった途端に、いつもの緊張体質な会田くんに逆戻りしたりした。それはほとんどマンガチックな変化だったけれど、冗談という前提なのだからそれで構わないと思った。

ただこんなお芝居も、続けているうちにだんだん感情移入してきてしまうところがある。今となっては反省しているけれど、僕は後半には、かなりこの役に入り込んでいたようだった。けっこうその気になって、目がマジになってきた。ペアリフトの乗り場で浅野が急に割り込んで来て、

「やっぱり湯山さんは渡さん！」

などと言って湯山さんの隣の席を奪うと、僕はまるで自分の所有物を侵害されたかのような憤慨を感じた。そしてリフトに乗っている間中、ふたりの後姿をヤキモキしながら見守ったりした。つまりジェラシーなんて感じたりして、けっこう本気で好きになりかけていたのだ。自惚れてはいけないという戒めを忘れたら、きっとひどい目

に遭う。明日はもっと冗談のレベルをキープし続けるように気を付けよう。

僕らは今日のほとんど最後になって、藤田・久保のカップルと合流した。このスキー場で最大の難所、シュナイダーコースの途中だった。二人はコースの脇でスキーを外し、藤田はなにやらスキーをいじっていた。

それを見て僕はすぐにピンと来た。すると、明るい青春ゴッコに興じていたはずの僕に、またムクムクと変態の欲求が頭をもたげてきた。ちょっとしたあくどい冒険を思いついて、思いついたら最後、絶対にそれをやらずにはおれなくなった。さりげなくこんな会話を藤田と交わしたのだ。

「どうしたの？　久保さんのビンディングの調子がおかしいの？」

「ああ。どうもイカれたみたいですぐ外れるんだ」

「それって、この間人と衝突した時に傷めたのかな」

「たぶんね」

「それにそのマーカー、けっこう古そうだもんね」

「そうだな。もういいかげん寿命だったかも知れない」

たったこれだけのクダラナイことなのだけれど、背中がゾクゾクするような快感があった。刑事ドラマで刑事が言う「犯人は必ずもう一度現場に現れる」みたいな心理だろうか。悪の甘い汁は何度も味わいたいという。

やっぱり覗きの欲望の核にあるものは性ではない、とこの時強く確信した。エッチなものは方法に過ぎない。一番やりたいことは、嫉妬や悪意、あるいはそれらと背中合わせの自虐や自嘲、自分のことはうまく分析できないけれど、とにかく何かそういうメンタルなものなのだ。さらにこんなことまで言うと人から決定的に軽蔑されそうだけれど、トイレ覗きはとても文化的だと思う。覗きをやったあとの独特の充実感を人に説明するなら、それはオナニー（やたぶんセックス）をやったあとのものとはぜんぜん違う、とまず言うだろう。肉体的な充実感はまったくないのだ。それはむしろ、すばらしい本を一冊読み終えた時の、脳味噌から流れ出る痺れるような快感に近い。例のアドレナリンってやつだろうか。だいたい学術とか芸術なんてものの動機には最初から不健康な変態性があって、長らく一般大衆の健康と対立してきたというのが僕の見方だ。そんなオリジナルな見方じゃないけど。

僕たちもスキーを外して休むことにした。浅野と高橋は藤田の作業にあーでもないこーでもないとチョッカイを出して、よけいに混乱させているようだった。久保さんは自分のスキーを修理してもらっているというのに、一人離れてつまらなそうな顔をしていた。スキーの調子が悪くて不機嫌なんだろうけれど、それにしてもちょっとワガママそうなところがあった。

けれど彼女のこういう性格こそ、覗きの快感を何倍にも増幅させるものだ。こういう、心にまでいつもピカピカのドレスを着せているような高いプライドこそ、不潔で動物的な排泄行為の恥ずかしさが、かえってグロテスクに引き立つ。

僕は少し離れたところからマジマジと眺めた。やっぱり恐ろしいほど美しい横顔だった。ちょうど逆光だったのでその見事なアウトラインは、金色に輝く細い線で隈取られていた。ウェアーは大胆なデザインの最新流行ものだった（北高のウェアーは自由）。そんなモデル然とした彼女が、これまた見事な雪渓の模様をもつ雪山の前に立っている様は、ほとんど「リゾートスキー場のポスター」そのものだった。たとえ彼女の性格にちょっと尖ったところがあったとしても、こうしてただ鑑賞する立場からすれば、何の支障もない。ついでに言うと久保さんはプロポーションもいい。ペチャパイの湯山さんが久保さんに大きく引けを取るのはそこだろうと男たちは言っていた（もっとも僕は中学生が好きなくらいだから構わないけど）。

僕は頭の中で久保さんのスキーパンツをずり下ろし、あの真っ白な肌がピンと張りつめた見事なお尻をムキ出しにした。それからしゃがませて、あのサラサラタイプの陰毛の間から、臭い液体がシーッと高音をたてて飛び出る様を再現した。それに合わせてヒクヒク動く、可憐なピンクの肛門ちゃんも。それを目の前にいる現実の久保さんに重ね合わせる。ツンと澄ましている久保さんとおしっこの映像はなかなか結びつかないのだけれど、それが時としてピッタリ重なると、まるで3D写真が突然立体的に飛び出してくるように、突然ものすごくリアルな猥褻感が生まれた。そういう時は思わずブルッと震えるほど興奮して、ほんの少し失禁していたかも知れない。

こういう「アフター覗き」にこそ真の醍醐味があったと言える。いつまで見ていても見飽きなかった。しかし長い間見すぎていたようだった。突然脇をこづかれて驚いたのだ。

「会田くんさっきから久保さんばっかり見てる。あたしとカップルじゃなかったの。もうウワキして」

湯山さんがふざけて膨れた顔をしていた。

「え、いや……」

これには訳があって、といっても言える訳じゃないし、僕はすっかり取り乱してしまった。今日は湯山さんに不意を突かれてばかりいる。

「こうして見るとスキー場のポスターみたいだなあって思って……」

とっさにこんな苦しいことを言ってしまった。けれど湯山さんも、

「あ、本当。あるある」

と納得してくれたようだった。それで図に乗って、

「バックの雪山がかっこいいよね」

「またあ。モデルさんがいいんでしょ」

とすぐに突っ込まれてしまった。こうなったら意地で、一人言のように、

「光線の状態もいいんだな。逆光なんだけど、雪の反射が補正してるって言うの？よくアイドルとか撮るやり方だよね……」

湯山さんは僕のセリフをすっかり無視して、

「でもウワキされてもしょうがないわ。女の私が見てもホレボレしちゃうもん」

「そお？」

「またまた無理して」

「いや……」

と言いかけて言葉に詰まってしまった。なぜならその先に自然に言葉を接げば、「僕なら湯山さんの方がいいな」になることが分かったから。純粋に鑑賞用ならともかく、生身の人として総合評価したら、僕は断然湯山さんの方がいいと思ったから。僕はけっこう赤面していたかも知れない。

けれどそんな僕のローバイも湯山さんには見られなかったかも知れない。彼女は急に表情を変えて、別の方角を見たから。その方角を見ると、久保さんがジッとこちらを見返していた。けっこう距離はあったのだけれど、僕の分不相応な「そお？」あたりが聴こえたのだろうか。さっきから御機嫌斜めのようだったけれど、さっきにも増してきつい目付きだった。湯山さんが笑顔で、

「あ、なんでもないの」

と声をかけると、フイと横を向いた。けっこう気まずい空気が漂ってしまった。

けれどこれには「そお？」以前の確執があったように思う。簡単に言えば、清和と北高の女同士は仲が悪かった。そこまで言わなくても、あまり打ち解けてないことは事実だった。清和があまりに大所帯なので、北高の女たちは何だか影が薄い存在にな

り、そのことで後者がヘソを曲げている感じだった。また北高の男たちが清和ばかりをチヤホヤする傾向も、その険悪な関係に拍車をかけていた。本妻とメカケみたいなもので、男たちは毎日顔を合わす同じ学校の女子部員より、清和の、年に数回しか会えないというタナバタめいたロマンチックな関係に魅かれていたのだ。しかも女子校という神秘性も手伝っていた。このことはよく話題になったのだけれど、男たちの言い分はいつもこうだった。

「だって北高でチヤホヤしたくなるのなんて、久保さんくらいのもんだろう」

それは確かに事実だった。北高は久保さん以外は、一年も二年も見る影もないヤンキー系ばかりで、それに較べれば清和は清純派で粒が揃っていたと言える。だからその中でも一番人気のある湯山さんには、なんとなく北高女子部員全員の妬みが集中しているように見えた。

久保さんのビンディングがとりあえず直って、最後にこの七人で一番下まで滑り降りたのだけれど、その間ずっと、久保さんの湯山さんに対する反目みたいなものが感じられた。

あと、ちなみに書いておけば、例のオレンジ色のノルディカを履いた絶世の美女

（予想）とは、この頃ゲレンデで再会できた。けれど、それがけっこうガッカリものだったのだ。脱色したソバージュより顔の方が茶色いんじゃないかというくらい、開き直ってスキー焼けを断行した、どちらかというと健康ブス。きれいなマンコの持ち主が必ずしもきれいな顔の持ち主とは限らない、といういい見本だった。逆に田村ちゃんのような例もあるし、この道は奥が深いのだ。それはともかく、これであの時湯山さんを選択したことは、何にも間違いじゃなかったことが判明したわけだ。そろそろ夕飯ができたようなので今日はこれくらいで。それではまた明日。

ＰＭ11：15　ロビーのソファーで

今日はもう日記は書かないつもりだったんだけど、おもしろい事件が起きちゃって、書かざるをえなくなってしまった。浅野が初日から早々、やってくれたのだ。さすがは浅野、スキー部のムード＆トラブルメーカーだけのことはある。

でもその前に、ついでに藤田のチンチンの話も書いておこう。

僕は覗くのが好きだ。見るのが好きだ。こういう男はたいてい見られるのは嫌いなものだ。どこかで読んだけれど、撮られるのが嫌いなカメラマンはけっこう多いらしい。だからこういう合宿の風呂はいつも一番最後に一人で入ることにしている。

しかし今日は違った。隣の部屋の藤田が「誰か風呂行かない？」とタオルを持ってやってきて、数人を連れて出ていったあと、僕はふと思いついて、急いで風呂の用意を始めた。藤田のチンチンが見たくなったのだ。

どうしてそうなったかと言えば、昼間久保さんのマンコを見たからだ。

今さら言うまでもないだろうが、僕は童貞だ。しかし遊び人が集まっているスキー部員の中でも、童貞じゃない男は数人しかいないだろう。東京なんかの高校生とは違うのだ（東京もこんなもんかな？　よく分からないけれど）。だから僕は自分が童貞なのは当たり前だと考えていて、浅野のように焦ったりはしていなかった。ただヘンな言い方だけど、焦るという気持ちがぜんぜん分からないことに、ぼんやりと焦りを感じていた。ＳＥＸというもののイメージがぜんぜん湧かないから、欲求も生まれないのだ。やりたいのにやる機会がなくて焦るんじゃなくて、いつになったらやりたいという気持ち自体が芽生えるのか、そのメドさえ立っていない未来に一抹の不安を抱くのだ。

一生覗きとオナニーか。それともいっそロリータにでも走るか。それならそれでいいとも考えていた。けれど今は少し事情が変わった。もしかしてもしかしたら、湯山さんといい仲になれるのかも知れない……。そんな遠く甘い予感にモワーンと包まれているのだ。そんな幸福の中に浸っている時に、ふとあの不安が蘇ってくる。でもいったい「いい仲」って何やるの？　おまえは本当に「恋人」なんかになれるの？

もちろん高校生の場合、SEXしなくともリッパに恋人と名乗れることくらい知っている。そんなにみんなメッタヤタラにSEXしているわけではないはずだ。けれど、そこまで行かず、まだほんのスタート地点に立っているだけにしても、方向は一応ゴールの方を向いていなければならないんじゃないか。後を向いていたり、地面や空を見つめている木偶の坊を、それでもなお恋人と呼べるのだろうか。

僕はとりあえず、SEXのイメージをもっと具体的に、もっとビジュアルとして明確なものにしたかった（僕はアダルト・ビデオを見たことがないし、幸い両親の交尾を見てしまったこともない）。そしてそのアカツキに、それがいつかは自分にできることなのか、それとも永遠にできそうにもないことなのか、深く省察してみたかった。今幸い近くに、確実に性交渉があると思われる一組の男女があり、その際に使用した一方の女性器を見ることができた。であれば、もう一方の男性器を見ることにより、その相互協力による使用時の運動を類推することが可能になるかも知れない。簡単に言えば、パコパコするとかゆー情景が見えてくるかも知れない。僕は挿入といいピストン運動といい、そういう言葉は雑誌のハウツー記事を精読したので知っているが、どうしてもそれが人間のやれることとは思えなかった。僕にとってそれは、スプーン曲げやホロコーストより信じ難い、人類の巨大な謎だった。

じゃあ、おまえのやっているオナニーはどうなんだ、同じようなことをしているんじゃないかと言われそうだが、乗りかかった舟だ、白状しよう。僕はオナニーからしてたぶん、ぜんぜんSEXを指向していなかった。僕のそれはもっぱら、ズボンを履いたまま足をモゾモゾ組み替えたりして圧迫する、というものだった。だからパンツをモロに汚す。それがイヤで、人並みにいわゆる「せんずり」といわれるような往復運動にも挑戦してみるのだが、必ず萎えた。もっとハッキリ書いてしまえば、僕は妄想の中で女性になっていた。チンチンを握ったりして自分の男性を意識してしまったら、途端にシラけてしまうのだ。

で、観察の結果を先に書いてしまえば、藤田のチンチンは大きくて皮がムケていた。大きくてムケている男がSEXできるのか。謎は解けたようで解けないようで、何だかよく分からなかった。

藤田はタオルで前を隠さず、堂々とブラブラさせて歩いていた。このことは僕には信じ難いことだった。普段二十四時間かたくなに隠し続けている体の部分を、「ここは風呂である」という意味の変換だけで、どうしてこうもアッサリと頭を切り替え、人の視線に晒すことができるんだろうか。それともやっぱり自信があるんだろうか。しかしそれにしては、藤田以外にも隠してない男が半分くらいいたが、中には僕くらいお粗末なヤツもいた。あいつらは何なんだろう。マゾなのか、開き直っているのか、そんなこと何にも気にしてないのか……。

珍しくみんなのいる時間帯に風呂に入ると謎だらけだ。

僕は壁の鏡に映して藤田のチンチンばかり追っていた。そしてそれがよく捕えられるポジションに来ると、昼間の久保さんのマンコを思い出し、その二つの像をなんとかドッキングさせようと想像力を総動員した。けれどなかなかうまくいかなかった。

藤田のチンチンが平常の、つまり勃起していない状態だからだろうか。それにマンコの方も、後ろという特殊な角度から見たから、入り口の構造など大切なことが分からなかったし。結局ＳＥＸは僕にとって依然謎だった。

しかし一つ発見があった。藤田は久保さんと性器の印象がとても似ていたのだ。藤田のチンチンも妙にきれい過ぎて、作り物っぽく見えた。すべての点で僕のものと面白いくらい対照的だった。藤田のチンチンの大きくて皮がムケている以外の特徴としては、そのあたりの肌があまり黒ずんでおらず、ほんのりピンクがかってさえあり、健康的な張りがあったことだ。また陰毛も薄く柔らかそうだった。だから僕のはといえば、小さくて包茎で、黒ずんだ皮膚が縮こまって皺だらけの、そのくせ固い陰毛がもじゃもじゃ生えている、というモノだったのだが。なんだか藤田のチンチンをずっと見ていると、それが何か美味しそうな料理のように見えてきた。僕のじゃとても食欲はわかない。

　そういうわけで、男女はこういう最初はお互い分からないはずの肉体上の類似で、知らず知らず結び付くものなのかと思った。

ついでに書いておくと、意外に浅野も包茎だった。ただし藤田並みに大きかったけれど。あいつも隠さない組だった。

さて、そこで浅野事件。

僕が風呂から上がって脱衣所に行くと、先に上がった浅野と高橋がパンツ一丁で脱衣棚の上に登っていた。その部屋にいる他数人の部員たちはニヤニヤしてそれを見上げている。そう、二人は隣の女子の脱衣所を覗いているのだ。男女の脱衣所を仕切る壁は天井の方が五〇センチくらい空いていて、その壁に作り付けてある棚に登って腰をかがめると、ちょうど壁に隠れて向こうが覗けるのだ。

とっさに、あ、『グローイング・アップ』だ、と思った。そういうアメリカあたりの青春コメディー映画を前にテレビで見た。ハイスクールが舞台で、こんなふうに悪ガキが数人で女子更衣室を覗いたりする。数人、というところがポイントだ。けっして僕のように一人では覗かない。一人だと、やっぱりマイナー変態映画になってしまう。複数なら明るくメジャーな青春。この違いは何だろう。チャップリンの名言に似たようなのなかったっけ?

浅野たちはゆっくりと頭を持ち上げ、それから急に下げ、またゆっくりと持ち上げたりして、あちらの様子を警戒しつつ覗いている。五〇センチも空いているところに頭を突き出すのだから、僕のトイレ覗きよりずっと大胆で、バレる可能性が高い。手鏡でも使えば別だが、そんな陰湿な道具を使ったら僕になってしまう。

下にいる者たちは、「また浅野（先輩）たちがバカやって……」と呆れた苦笑いを浮かべつつ、目は羨ましそうに光って、興味津々二人の様子を窺っていた。誰かが小さな声で「見えるか？」と訊き、浅野が「しっ」と遮る。

その時僕はハッとした。隣から微かに聞こえてきた声が、湯山さんのものに思えたからだ。

思わず『ずるい！』と思って二人を引きずり降ろしたくなった。そして替わりに僕が登りたくなった。『湯山さんは僕だけのものだ！』……いつ決まったんだ。突然高橋が、ごく小さい声で「あ〜〜」見える〜〜という声を出した。首を下げていた浅野も慌てて覗きこみ、「お〜〜」すげ〜〜という声を出した。

僕はいてもたってもいられない気分だった。ひたすら祈るしかなかった。湯山さんであってくれるな。湯山さんは服を着ていてくれ。

その時、ちょうど風呂から上がってきたばかりの藤田が浅野たちのすぐ下に来て、小さく声をかけた。

「オイやめろ、降りろよ」

僕には救いの神だった。そうだ降りろ降りろ！（自分で言え）。

これは正義漢藤田を示すエピソードには違いないだろうが、もう一つ別の理由もあったと思う。向こうには久保さんがいたかも知れないのだ。勝手に恋人の裸を見られる怒りは、僕の湯山さんとは次元が違うだろうから。

しかし藤田もそうしつこくは言わなかった。けっして野暮なばかりの正義漢でも、恋愛のためなら友情を壊す男ではなかったから。「しょうがねえな」と藤田が立ち去りかけたその時、二人のどちらだったか分からないが、「あっ」「やべっ」と叫ぶなり、二人は床に飛び降りた。案の定バレたのだ。ザマアミロ、悪ノ栄エタタメシハナイ。

二人は頭を掻きながら「まっじー」とか「あっちゃー」とか言っている。壁の向こうでも「覗いてた？」とか「誰？」とかいう声が聞こえる。

しばらくして、突然隣から湯山さんの険しい声が飛んできた。

「ちょっと男子！　今覗いてたでしょ！　誰なの！」

言われた二人は口を半分開けたまま黙っている。それからおもむろにみんなの顔を見回した。誰も何も言わないし、責めるような表情のヤツもいないが、目が無言で自首を勧めていたのだろう。観念したようにまず浅野が「浅野でーす」とマヌケに答え、続けて高橋も名乗った。しばらく向こうは何やら相談している気配だった。それからまた湯山さんがきっぱりした口調で言った。

「あとで私たちの部屋に来てよね！」

部屋に戻って今後の対策を話し合ったわけだけれど、厳粛な気分の中にもどこかスケベな好奇心が疼いている、妙な雰囲気だった。僕が、そして多くの者が訊きたかった質問を、あの現場にいた部長の木之内がしてくれた。

「それで、湯山さんの……見ちゃったのか」

二人は違うと答えた。湯山さんはすでに服を着ていたらしい。僕は、そしてたぶん一同はひとまず胸を撫で降ろした。

裸を見てしまったのはみのりちゃんだけだったらしい。

どうだった、と訊くほど軽率なヤツはいないが、皆しばらくみのりちゃんの裸を想像していたんじゃないかな。そういえばまだみのりちゃんの人物描写をあまりしていなかった。みのりちゃんは簡単に言ってしまえば、よくいるタイプの女の子だった。少なくとも僕の好みではない。背が低くて、デブというほどではないけれどポッチャリしていた。顔立ちはまあまあ可愛くて、男心を狂わすなんて柄じゃないけれど、嫁の行き先にはたぶん困らない、みたいなコだった。性格も特に変わったところを僕は知らない。そんなわけで、彼女の裸を見た二人が羨ましくてたまらないというヤツはいなかっただろう。これから二人が女子から食らうお目玉を考えれば、ちょうど釣り合うくらいだったから。

一年はとりあえず関係ないことにして、二年全員で謝りに行くことにした。二人は自分たちだけでいいと言ったが、止めなかった俺たちにも責任があると藤田が言って、皆納得した。少しは止めようとした藤田だからこそ堂々と言えるセリフだ。

その前にあちらの様子をうかがうセッコウを一人たてることになった。清和のどの部屋に行けばいいのか、あちらがどれくらい怒っていて、話がどこまで広まっているのか分からなかったからだ。その役は木之内が指名して僕に振られた。これは僕が一番湯山さんと親しかったからだろうけれど、もう一つ別の理由もあったように思う。それはたぶん、かなり皮肉なことに、僕が一番「覗き」なんて行為から遠そうに見えたからだ。清和にアンケートで「北高で一番スケベを感じさせない男は誰か」と訊いたら、たぶん僕になるだろう。僕はけっして美少年なんかじゃなかったけれど、オナニーの方法からして分かる通り、男性のムンムンした性欲を感じさせない中性的な雰囲気はあった。それに分別がありそうにも一見見えたので、男のスケベ心に対してお叱りを受ける時、両者の間に入ってメッセンジャーボーイを務めるにはもってこいと思われたのだ。それが半分は確かに当たっているが、半分はものすごい意味で外れているということは、ここまで読んできた人なら分かるだろう。事件のたびに登場する近所の方のおなじみの証言、「おとなしくて真面目そうなあの人がどうして……」の成立過程が、僕には自分のこととしてよく分かるのだ。

清和側は部長の部屋で、やはり二年だけが10人ほど待っていた。先生には知らせていなかったらしい。湯山さんはいたけれどみのりちゃんの姿は見えなかった。

僕は往復して男たちを連れてきた。僕らは彼女らに対峙して神妙に正座した。オワビは前列中央に座った二人がほとんど言った。浅野は最初に思いついた主犯は自分の方だと言った。二人が「すいません」と言って頭を下げると、そこまで打ち合わせでなかったけれど、一同きれいに合わせて頭を下げた。

返答したのはむこうの部長の高田さんだけだった。ショートカットの男勝りな人で、さすがにこういう時のお灸のすえ方は手慣れたものだった。チャランポランなこちらの木之内とはえらい違いなのだ。彼女は憮然とした声で、最近両校の関係が馴れ合い的にだらしなくなってきて、これもその現れだと言う。こういうことではこの共同合宿の慣習は廃止せざるをえない。と脅しておいて、今回は見られた人が許すと言うし、二人も反省しているようだからと、結局許した。そして、今後こういうことが絶対にないように一年を教育すると、木之内に約束させた。最後に初めてニコッと笑って、「仲よくやりましょう」で解散。うまいもんだ。今すぐクソ教師になれる。

最後に部屋を出るのは僕だったけれど、その時湯山さんに袖を引かれて言われた。

「あとで浅野くんに、この部屋じゃなくて私たちの部屋に来てって言って。高橋くんはいいから」

それはあとで浅野に伝えたが、たぶんみのりちゃんに個人的に謝らせたんだろう。高橋がいいというのは共犯だからだと思う。あいつはちょっと主体性がなくて、言ってしまえば浅野の金魚のフンだから。フンを責めてもしょうがない。

さて、今日はこれくらいで寝よう。それにしても今日はよく書いた。ノートがもう半分くらい行っちゃった。初日から飛ばし過ぎみたいだけれど、いろいろあったんだからしょうがないか。

3月30日
AM10：20　リフトの上で

朝から大事件。今度は人じゃなくて僕なんだけど。

実は僕はきのうの夕食の時から気づいていたのだ。このスキー場にはもう一つ、すばらしいトイレ覗きのポイントがあることを。けれどそこはあまりに危険過ぎた。そこは発見したものの、実行にはとても移せないなと、ほとんど諦めていたのだ。

そことは、日野荘のトイレだった。清和の一年生全員が泊まっている大部屋のすぐ外にあった。

日野荘はこの温泉街の中ではかなり古くからある大きな旅館だった。何度も増改築を繰り返したらしく、けっこう複雑な構造をしていたが、簡単にいえば旧館と新館と別館の三棟からなっていた。旧館から新館へは急な階段を降りて行く。その二つの別棟に、北高と清和はやんわりと隔離されていた。清和が北高のいる旧館に遊びに来るのは構わないけれど、北高が新館に行くのは少しためらわれた。

しかし朝と夕方の食事の時だけ、北高は堂々と新館に行くことができた。清和の一年生二〇人ばかりが詰め込まれている大広間で、両校はいっしょに食事を取ったからだ。彼女らは食事のたびに先輩と僕らのために、かいがいしく自分たちの荷物をどけテーブルと座布団を出した。

大広間を出たところは配膳室を兼ねた大きな洗面所になっていた。その片隅にトイレの入り口はあった。一つしかないのだから男女共同に違いなく、僕はきのう夕食後の帰りしなにそこで小便をしながら、個室の方をさりげなく観察した。二つしかないが、下の隙間は七センチほどある「直列型」だった。

朝食の間中、そのトイレのある出口の方が気になって仕方がなかった。

覗きたい。あそこにずっと籠っていたらすごいだろうなあ。とっかえひっかえ清和のマンコがやって来ておしっこをする。全員のマンコの形状を描いた一覧表が出来るかも知れない。壮観だろうなあ。一年の中にはまだ中学生のあどけなさを残した美少女が数人いるし。ああ見てみたい……。

しかし頭の中ではほとんど打ち消していた。どう考えたって無理だ。自分の泊まっている宿の、しかも清和の領域内にあるトイレなんて危険すぎる。諦めた方が身のためだ。マンコの一覧表を想像するだけに止めておけ。おまえにはもっと安全な頂上のロッジがあるじゃないか。きのうは久保さんだけだったけど、今日は清和のコが来るかも知れないじゃないか。欲張った深追いは危険だ。「慎重すぎるくらい慎重に」という、第一セオリーを忘れたか……。

食事が終わりに近づいて、顧問の舛田が食べながら聞けと、今日の連絡事項をしゃべった。今日も二年生は自由行動、一年生はそれぞれの顧問について下のゲレンデで練習するとのこと。となると、今日も清和の一年は上のロッジまで来ないわけで、ウブな美少女のオマンコはお預けということになる。もしかしたらきのうの浅野事件が伝わっていて、そのことを言うかとも思ったが、それはなかった。二人の顧問は部員の夜の過ごし方にあまり干渉しなかった。だいたい二人は合宿のたびに旧交を温めて、生徒などお構いなしに酒を飲んで赤ら顔になっているのだから。

連絡が終わり、食べ終わった者から解散になった。気のつく清和の一年がお茶を汲んで回った。カチャカチャ食器を重ねる音が響く。座り慣れてない男たちが立ち上がって伸びをする。旅館の従業員が食器を下げるために入ってくる。……

そんな中、足早に出口から出てゆく人影を認めた。湯山さんだった。

諦めたはずの決断が一瞬にしてご破算になって、頭が真っ白になった。

しばらく判断停止の状態が続いたあと、自然とスクッと立ち上がってしまった。立ち上がってしまったら、歩き出すのが自然だ。歩いてゆくのは出口に向かうのが自然だ。

そこまではいいだろう。しかし出口を出たら、まっすぐ洗面所を突っ切り、階段を登って自分たちの部屋に戻るのが自然なのだ。だから僕は自分に言い聞かせていた。

『僕はウンコがしたい。それだけなんだ』

しかしそれは本当だった。やっぱり僕は完全に諦めてはいなかったのだ。もしかしたらいいチャンスが訪れるかも知れない、その時のために少しでも必然性が増すようにと、直腸に力をこめてウンコを出口の方に集めておいたのだ。しかしそれがちょっとやり過ぎたようで、肛門から少し頭を出しているくらいの、けっこうヤバイ状態だった。だから僕は無理やりにも心の中で叫んだ。あ〜〜もう出る〜〜、早く行かないとハミ出しちゃう〜〜、階段登って自分たちのトイレ行ってたら間に合わない〜〜！

誰も僕など見ていなかったろうに、わざとらしいくらいの演技で「ウンコが漏れそうな男」の顔をしながら、出口を出て、トイレへ直行した。

トイレへ入ると、一方の個室のドアは閉まっていた。僕の心拍数や血圧の爆裂的変化は今さら書くまでもないだろう。もし僕が心臓を患っていたらここで死んでいた。湯山さんは奥の方の個室に入っていた。この自然な選択が彼女の命取りになった。こちらは僕にお尻を向けている方なのだ。

急がなければ終わってしまう。個室に入ってドアを閉めるなり、僕はすぐさま床に這いつくばった。そしてそこで見えた光景は、一瞬目を疑うようなものだった。

湯山さんはウンコをしていたのだ！

……クラクラとめまいを覚えた。

肛門が思いっきり押し拡げられ、丸々とした黒いウンコが頭を出している。見ているとウンコはゆっくりと出てきているようだった。ここまで肛門は拡がるものなのかと驚くほど拡がった次の瞬間、大きな団子型のウンコはポトンと落ち、肛門はすぐに平常のすぼまった状態に戻った。湯山さんは便秘ぎみのようだった。

さらに驚いたことは、湯山さんのアソコが、何と言うかその、そんなにきれいではなかったことだ。湯山さんだから、汚いとは言いたくない。久保さんのように作り物のようなきれいさはなくて、それよりは人間的にリアリティーのある股間だった、と言えばいいのかな……。

でもけっして幻滅したわけじゃない。僕は久保さんみたいにあんまり毛も生えてないような、色もついてないようなマンコは好きじゃない。なんだかドライでクールな感じだ。それより湯山さんのようにちゃんとワサワサ毛が生えていて、色もちゃんとついてた方が、しっとりしていて温かみがあって好きだ。僕は湯山さんのちょっと毛深いくらいのマンコが、心優しい（と僕は思っている）彼女にとてもふさわしく思われて、満足した。

ちょっとアバタもエクボかな。でもいいんだ。

だってきのう藤田のチンチンを観察して得た結論に照らしても、僕と湯山さんはウマが合うことになるんだから。湯山さんのアソコの印象は、なんとなく僕のココに似ていた。やっぱり僕らは似合いのカップルだったんだ。「文学カップル」ならぬ「濃陰毛カップル」……。

下の隙間は狭かったので、あまり奥の方、つまり性器の前の方まで見えなかった。

その代わり湯山さんは長かったので、ゆっくり肛門の動きを鑑賞することができた。可愛かった。肛門の周りにも短くて細い毛が少し生えていた。固く詰まったウンコを押し出そうと、直腸ががんばって蠕動運動（生物I）を繰り返しているのが分かる。肛門の周りが大きく盛り上がったり沈んだりしていた。見ていると「がんばれがんばれ」と応援したくなる。そうやって少しずつウンコが現れてきて、あるところまで出るとポロンと落ちた。（見たことはないけれど）ニワトリが卵を産むようだった。僕は五個見た。どれも砲丸投げの玉のように丸々として黒光りさえしていた。乾燥していたのでけっして不潔には見えなかった。臭いも漂ってこなかった。僕は自分がいつも下痢便ぎみなのでこんなウンコが珍しく、時にこれが、何か貴重な宝石のようなものにさえ見えてきた。

女性は大きな子宮に腸が圧迫されて便秘になりやすいとどこかで聞いた。湯山さんにもそんなオドロオドロしい生殖器官が当然あることに思い当たり、僕はちょっと不思議な気がした。けれどそんな母性的なものを感じさせない湯山さんだからこそ、便秘ぎみなのだろう。男と変わらない引き締まったお尻に、よくピチピチのGパンを履いていた。そのくせ子宮はしっかりあるのだから、腸はさぞ窮屈な思いだろう。

僕はこの固く丸いウンコが湯山さんにとても似つかわしく、というより、湯山さんそのもの、湯山さんの人格が形となって現れたもののようにさえ思えた。僕だけ知っている、肛門から産み落とされる湯山さんの心の真の姿。禁欲的で悲劇的で重く凝縮された魂。素晴らしい。美しい……。

人は、僕が今回に限って慎重さや警戒心を欠いていると思うかも知れない。その通りなのだ。自分でもどうしてあんなに大胆になれたかと思う。湯山さんの秘密が覗けるという眩し過ぎる事実を前に、他すべての細々したことが暗くぼやけてしまった感じだ。それが失敗だった。

湯山さんより先に出ればよかったのだ。しかし湯山さんの愛らしい肛門に見とれて、ついい彼女の長便につきあってしまった。そこにたぶん清和の一年だろう、二人が入ってきて、僕らのドアをノックしたのだ。僕はとっさのテクニックで、男が入っていることがバレないよう、か弱くノックを返したりした。

まだこの時、水を流して「ああスッキリした」みたいな顔で堂々と出ることはできたかも知れない。しかし僕はすでにパニック状態だった。襲いかかる後悔と恐怖の念で、冷静に事態を見極めることができなかった。このまま出たら、外にいる一年に、僕が湯山さんを覗いていたことが絶対にバレる気がした。ドッドッドッと音が聴こえるくらい心臓が高鳴り、額から汗が噴き出てきた。僕はひたすら立て籠るしかなかった。

しばらくして湯山さんはようやく長い用を足し終え、水を流して出て行った。僕はその頃にはもう覗いていなかった。外で待つ人にドアの細い隙間から中の様子を見られるかも知れなかったし、何よりもそんな悠長な気分にはなれなかった。便器をまたいでしゃがみこみ、指を噛んで今後の方策を練ろうとするのだけれど、何もいい案は浮かばなかった。

そのうちに最悪の事態になってきた。清和のやはり一年だと思う五、六人が、トイレにやって来たのだ。しかしサンダルは僕が履いているのを含めて四足しかないらしく、個室の前で待てるのは二人だけ、あとは入り口のスノコのところで待つしかないらしかった。

一年生はワイワイとうるさい。だからいろいろな声が聞こえてくる。「えー、満員ー?」とか「まだァー?」とか「もれちゃうー」とか「上行っちゃおうか」とか。それに混じってヒソヒソ声で「一人長いの」という声が聞こえた時には、完全に全身から血の気が引いた。

僕は「図解・花の清和オマンコ名鑑」なんて企画はすっかり忘れて、ただただ震えていた。入り口の人数はまた増えているようだった。一方の個室は湯山さんからもう三人目が入っているのに、こちらはずっと出てこない。そろそろ怪しまれる頃だ。僕は思いついてジャージを下ろし、ウンコをした。ちゃんと目的のことをしているのをアピールしたくて、ブリブリ音が出るのも構わず。

きのうの浅野たちのことが頭をよぎる。あんなもので済むわけがない。きのうの今日なのだから、もう顧問に内緒というわけにはいかないだろう。晒し者は間違いない。そして共同合宿は僕のせいで廃止。僕は末代まで恨まれるだろう。退部では済まない、退学だ。家出して東京でコジキでデバガメだ。もう終わりだ。転落の人生は今始まった。……

そんな時、救いの女神は現れた。あんまり女神っぽくないけれど、高田さんの野太い声が響いたのだ。

「ちょっと連絡があるから大広間に集まって。すぐ済むからトイレはあとにして」

さすがに口答えを許さないきっぱりとした口調、部長の鑑。僕はこういう体育会系のリーダーシップなんてロクなもんじゃないと思っていたけれど、今回ばかりは違った。一生恩に着るだろう。高田さん万歳！

外の一年生たちは従順に「ハーイ」と答え引き揚げていった。隣の個室のコも早々に出て行った。

今しかない。今を逃したら百万年チャンスは巡ってこない。僕は水を流し、深呼吸をし、思い切ってドアを開けた。それから周りは何も見ずに、ただ真っすぐ正面だけを見詰めて歩き出した。幸いトイレを出た洗面所には従業員のおばちゃん一人がいるだけだった。僕はたぶんほとんど呼吸を停止したまま急な階段を駆け登り、自分たちの部屋に急いだ。そして部屋に戻ると、すぐにドッと畳に倒れ込んだ。すると急に緊張が解けて、腹の底から笑いがケタケタとこみ上げてきた。当然同室の部員はケゲンな目で僕を見た。

そんなわけで僕は助かり、今何食わぬスキー部員の顔をして、リフトに乗っちゃったりしている。あー、よかった。

ここで突然だけど、ちょっと前に楽しい会話があったので書いておこう。ちょうど湯山さんの陰毛は濃いみたいなところを書いている時、一人乗りリフトの一つ前に乗っている湯山さんが振り向いて何か言った。

「えー！　何ー！」

けっこう離れていて聴こえない。

「会田くんスキー場にもそのノート持って来てるんだねー！」

「まあねー！」

「今何書いてるのー！」

「今ー！

……。

湯山さんの髪の毛がきれいだなーって！」

ちょうど湯山さんの長い髪が風になびいてキラキラ光っていたのだ。

「ウソばっかりー！」

「本当だって！」

毛であることに変わりはない。

「じゃ今度見せてよね！」

「いつかね！」

ますます見せられるわけなくなったんだけど。

さて、ここで重大発表がある。じゃーん。それは、なんと、僕は今や完全に湯山さんに恋している、ということなのだ。

なんだそんなことをのうからじゃないかと言われるかも知れないが、そうではない。もっと本格的に、もっと本質的に、恋に落ち切ってしまっているのだ。フォーリン・ラブなのだ。

証拠を見せよう。誓って言うが、僕はもう一生トイレ覗きはしない。湯山さんのウンコを最後の思い出に、この道から引退することを決意した。これ以上トイレ覗きを続けることは、このきらめく美しい思い出を曇らせ汚す行為となる。思えばこの一年あまり僕が重ねてきたトイレ覗きの遍歴は、湯山さんのあの宝石のようなウンコと出会うための道程に過ぎなかった。今こそゴールに辿り着いた。ここから新しい道が始まるのだ。

我ながら自分って珍しいヤツだと思う。ウンコによって恋心がはっきりしたものになるヤツって、そうめったにいないだろう。けれど本当にそうなのだ。よく相手の汚いところを見て「百年の恋も冷める」なんて言うけれど、僕に言わせればとんでもないことだ。僕もダテに変態やってたんじゃない。

歌謡曲なんかで「フトした偶然で恋に落ちる」みたいな歌は多いけれど、僕のこの場合は、そのもっと極端な例なんだと思う。「偶然で」ではなく「偶然だからこそ」恋に落ちる、というか。僕は今までに何十人もの放尿を見てきたのだけれど、排便はこれが初めてだった。それが他でもない湯山さんなのだ。この偶然を運命と感じるのは当然だろう。僕は湯山さんを本当に好きになっていいのか自信がなくて、最後の一線がなかなか踏み切れなかったんだと思う。それがここに来て、神様のGOサインが出たのだ。もう恋に落ちるしかなかった。

そう、僕らが結ばれることは百億年前から決まっていたことなのだ。僕が絶体絶命のピンチの時に、高田さんを差し向けて助けてくれたのも、目に見えない僕らの愛の力による奇跡だろう。その愛に誓って言おう、もう二度とトイレ覗きはしません！

何、理屈が通ってない？　確かに。ただし、理屈が通らないのが恋ってもんだ!!

このノートはきっとすばらしい構成になると思う。読んでないけど、現国の佐藤が言ってた、コクトーの『阿片』みたいになるだろう。それは麻薬中毒に陥ったコクトー自身が、だんだん治癒していく状況を克明に書き記したものらしいけれど。僕のこれは、変態の泥沼から愛の力ではい上がり生還した一青年の、感動の記録となるだろう。精神衛生学上の一級資料になるはずだ。タイトルも『青春と変態』のままでピッタリだ。こういうふうに展開するとは思わなかった。「青春」っていうのはどちらかというと他の部員のことで、「変態」である僕と対比させるつもりだったんだけど、僕までまるっきり「青春」になっちゃった。けれどこれこそ予定外の予定調和というものだ。すごい。

けっして僕の思い込みだけじゃないと思う。だって今日も湯山さんは僕といっしょに滑りたがったのだ。ただしみのりちゃんもいっしょだけれど。今こうして三人でリフトに乗っている。

それでは僕の新しい門出、晴れがましい誕生日の楽しいランデヴーの記録はまたあとで。

PM5：25　つくしの間にて

きのうはやたらにしょっちゅう日記をつけていたけど、今日はこれがもう夕方で、あんまり実況中継っぽくなくなっちゃった。そろそろ息切れかな。でもいいや。楽しい時は速く過ぎるものだし、いちいちクールに記録をつけられる精神って、なんだか不幸そうだ。

さて、新生会田誠の第一日目、まずまずのスタートと言えた。湯山さんとの関係は着実に進展したと言えるんじゃないか。しかし今日の昼間の主役は僕らじゃない。僕らは脇役だ。もっと急速に進展しちゃったお二人がいるのだ。

午前は取り立ててこれといった事件はなかった。ただいっしょに滑っていたみのりちゃんが少し塞《ふさ》ぎ込みがちになっているのが分かった。きのうのことがまだショックなんだろうか。裸を見られるというのは女の子にとって、それほど屈辱的なことなんだろうか。僕はよく理解できなかった。裸でさえこうなら、放尿を見られたことを知った時、女の子は一体どうなっちゃうんだろうか。僕は今更にして、自分のしてきたことの空恐ろしさを思った。

お昼は例の頂上のロッジに入った。僕の提案ではなく、偶然だ。連日の晴天続きで下の方のゲレンデの雪質は悪くなっていたので、たいてい上の方で滑っていたのだ。ロッジには藤田たちのグループがいて、すでに食事の最中だった。僕らはその隣のテーブルについた。藤田の他には久保さん、木之内、…あとはこのノートで二度と出てきそうもないので名前は省略するが、北高の男三人、北高の女二人、それに清和の女二人がいた。だいたいこの10人くらいのメンツがスキー部で一番ヤンキー、というと語弊があるならオトナ、みたいな集団だった。正確には知らないけれど外見としては、非童貞・非処女グループと言うか。だからこの人たちの喜んでワイ談さえ言わなくなったシブミみたいなものに僕がついて行けるわけはなく、藤田を抜かせばほとんど縁がなかった。

彼らは気の早いことに、この夏海に行く計画をもう立てていた。このグループにいる清和の二人は、合宿以外でも北高のこの連中と交流があるようだった。電車で一時間半だから遊びに来れない距離ではない。ウチの県には名門私立なんてないので、清和は公立ながらお嬢様学校で通っていた。だからこの二人は、それほどでもないのに、学校では札つきの問題児と言われているらしい。

だいたいテレビドラマなどに出てくる青春群像といえば、こういう一握りの不良グループのことである場合が多い。でなければ一握りのスポ根か。大多数の「定期試験を無難にこなす青春」や「週に三回オナニーをこなす青春」などはほとんど相手にされない。そういうことに前は義憤《ぎふん》を感じていたものだけれど、今や僕は生まれ変わったわけで、考えも少し修正された。無理もないと思う。やっぱり退屈なものは、いかに言いくるめようとも退屈かも知れない。もしこのグループの人間模様を僕が詳しく知っていたら、このノートをもっとエピソードの膨らんだ面白い読物に書けたかも知れない。閉め忘れた蛇口からチョロチョロ出てくるみたいな、僕の湯山さんへの慎重でセコイ恋心ばかり読まされている読者に、僕は同情する。

ところで「藤田たちのグループ」と書いたけれど、事情はちょっと複雑だった。藤田は確かに中心人物ではあったけれど、異質でもあった。確かに求心力は藤田にあったが、優等生や僕のような変人ともつき合ったし、久保さんという固定した恋人もいたので、どこか落ち着いた印象で、この遊び人たちのノリと一線を画していた。それはスキー部全体にも言えることで、スキーが一番うまくリーダーシップもあるはずの藤田は、煩わしい雑用の多い部長という名誉職を、うまく木之内に譲っているように見えた。世渡りがうまい、というとイヤなヤツのようだけれど、それをイヤミなくやるうまささえ持っていた。

彼らはこういうグループなら当然のこととして、食後の一服を始めた。しかし実を言えば、こんな地味な僕でもタバコを喫うのだ。一箱買えば一週間くらいもつ。ただ僕が特殊なのは、それを知っているのが親だけだという点だろう。普通は友達と喫い出して、じきに親にバレるというのが順序だと思う。僕はなんだか恥ずかしくて、友達や部員の前ではけっして喫えなかった。違反や反抗をあからさまにやるのは、とにかくテレることだった。けれどこのヒネクレタ行動には、トイレ覗きと同じ根っこの、一人上手な変態性が匂っている。トイレ覗きをやめると決意した以上、その血縁関係にある行動も根絶やしにしなければならないだろうか。僕はこの場で、ウェアーの内ポケットからタバコを取り出し喫おうかとも考えたけれど、それはあまりにコレミヨガシになってしまうと思い、やめた。明日のコンパの席ででも、もっと自然に披露できるだろう。例年この合宿の最後の夜には、先生黙認の酒の出るコンパがあり、その会場や買い出しの相談をこのグループが中心になって進めていた。

隣のテーブルとはそのコンパの話を少し交わしたくらいだった。それとは言わないけれど、裸を見られてショックを受けているみのりちゃんを二人で無言でいたわっている僕らは、彼らと較べると何とも幼く可愛らしいことを問題にしているように思えた。

ずいぶん待たされたこっちのオーダーがやっと来た頃、一服を終えた彼らは立ち上がった。その時みのりちゃんが藤田に訊いた。

「ねえ、浅野くんどっかで見かけた？」

「いや、今日は会ってないな」

と藤田は答えた。どうして彼女がこう訊いたか僕には分かった。さっきゲレンデで高橋を見かけた時、いつもいっしょにいるはずの浅野がいなかったのだ。金魚とフンはめったに離れない。それに朝食の時も浅野はなんだか元気がなかった。いつもはご飯を最低二杯はお替わりするのに、今朝はしなかったのだ。

すると浅野と同室の男が、言っていいものか少しためらったあと、言った。

「浅野は……知ってるよ。さっきワックス取りに宿に戻ったんだけど、アイツまだ部屋にいたぜ。今日は滑る気しないって」

藤田グループが出て行ってから、僕らはしばらく黙りがちに食べた。みのりちゃんは何やら考えている様子だった。今どき見かけない真っ黄色いカレーを先に平らげると、僕は気を利かせたつもりでトイレに立った。

そう、あの例のトイレに。もちろん誓いの通り個室になど目もくれなかった。というのはちょっとウソ。女同士話し合う時間も要るだろうと考えて、しばらく外から眺めていた。

暗くて、狭くて、ジメジメ湿っていた。よくこんなところに這いつくばっていたな、ナメクジみたいなヤツだ、と思った。きのうのことなのに、もうかなり昔のことのように感じられて、懐かしくさえあった。僕も一日ですっかり明るい男に生まれ変わったものだ。

そう感じたことはウソじゃないのだけれど、実はまだ誘惑を感じていたことも事実だった。またナメクジのように、ゴキブリのように這いつくばりたい。暗く狭く湿っていることは、ある感じ方からするととても忌まわしいことなのだけれど、別の感じ方からするととても魅力的なことになる。この二つは背中合わせで、ふとした加減でコロコロ変わりうる。納豆の味と靴下の臭いの関係に例えられようか。だから常に自分に言い聞かせていなければならない。僕は太陽の当たる、風の通うまっとうな若者になるんだ。そっちの方が結局は気持ちいいんだ、と。

席に戻ると、みのりちゃんは湯山さんにちょっと目配せしてから言った。

「会田くん、ちょっと相談があるんだけど……」

だいたい予想していた展開だった。

「きのう浅野くんたちに覗かれたの、あたしって知ってた?」

「うん」

「そう、みんな知ってるんだ……。ねえ、それってどう思う? 覗く人って」

いきなりそう来たか。よりによってこの僕に。僕は隠していることは多いけれど、嘘をしゃべるのは得意じゃないから、あんまり心にもないことは言えない。ここは一般論との折衷《せっちゅう》案を狙うしかなかった。

「こう言うと男全体に失望されそうだけど、誰だって覗きたいくらいは思っているんじゃない? あとはそれを実行に移すくらい軽率かどうかの問題で」

「えっ、じゃあ会田くんでも覗きたいと思うの？」

ハイハイ来ましたね、きのう書いたメッセンジャーボーイ云々の話だ。まったく僕は男として見られてないわけだ。ここは苦笑いしながら答えた。

「そりゃあ、僕もこう見えても一応男の子だからね」

僕はこれ以上ここら辺の質問に答えるのは苦しかったので、いきなり本題に入ることにした。

「ねえ、ところでどうしてきのう湯山さんに呼び出されたのは浅野だけなの？　高橋はよくて」

すると途端に二人は顔を見合わせた。しばらく「どうするの？」「どうしよう」みたいな無言のやりとりが続いたあと、みのりちゃんはうつむき加減で答えた。

「だってわたし、前から浅野くんが好きだったから……」

きのうの段階では予測できなかったけれど、さっきからの雰囲気を見れば一目瞭然だった。言われてみれば、ずっと前からそんな素振りはみのりちゃんにあった。続けて質問してみた。

「そうだと思ったよ。じゃあ何で浅野は今日、あんなに落ち込んでるの？」

「それは……きのうあたしがぶっちゃったから……」

そんなことって実際にあるものなんだ。女の子が男をぶつなんて、テレビの中だけの話だと思っていたけれど。これはたぶん、みのりちゃんが感情をそのまま外に出せる、天然な性質を持っているからなんだろうけれど、もしかしたらみのりちゃんがテレビに影響されたってこともあるかも知れない。そう思ってしまうくらい、僕はこんな現代に生きる人間の、自然な感情の発露というものが信じられない、人工的な男だった。

湯山さんが言葉を添えた。

「だって浅野くん、ぜんぜん反省してないみたいにニヤニヤしてたのよ」

確かにあの浅野のふやけた顔を引き締めるには、それくらいのショック療法が必要だったかも知れない。

「うん、それもあるけど……もう一つ原因があるの。浅野くん、あたしの体のこと何か言ってた?」

「いや別に」

「そう……。実はね、こんなこと会田くんじゃないと言えないけど、あたし中学の時病気して、ここのお腹に大っきな手術跡があるの。それがけっこう赤くて汚くて、あたしすごく恥ずかしかったの。それを見られたから、きのうはどうかなっちゃって、ヒステリックになってたんだけど……」

それほどみのりちゃんの裸に興味はなかったけれど、醜い手術跡と聞くと、何だかとても見てみたくなってしまった。ぜんぜん変態は直ってなかったというべきか。

ところでちょっと脱線になってしまうかも知れないけれど、この「会田くんじゃないと言えないけど」について、この際徹底的にこだわってみたい。メッセンジャーボーイと少し似たようなことだけれど、機会があれば書いておきたかったことがあるのだ。

読者はすでに、僕がウソつきで信用のおけない変態だと知っているから、こんな男に何か相談事をもちかけるなんてもっての外だと思うだろう。しかし実際には、人は人を見る目がないと言うべきか、僕はけっこう相談事を受けるのだ。確かに性格の暗い変人とは思われていたけれど、同時に何かある種の信用も勝ち得ていたのだ。占い師はどんな不気味でも、いやむしろ不気味なほど信用される、みたいなこともある。

こういう「会田くんだから言うけど」みたいな切口上の、真顔の悩み相談を、特に最近よく受ける気がする。と言うのもちょっと前に、ロクに口もきいたことのないクラスの女（ただしブス）が、突然「会田くん死にたいとか考えたことある？」なんて訊いてきた印象が、いまだに強烈だからだろう。

たしかに他人に必要とされることは、喜ばしい気もする。他人に疎んじられるよりはよっぽどいい。けれど喜んでばかりはいられない。なぜならここには大きな誤解があることを僕は知っているからだ。僕はこんな相談役には向いていない。むしろ最悪の相手と言っていいだろう。今だって、醜い手術跡に同情するどころか軽薄に喜んでしまう僕だというのに、そんなこととは露知らず、みのりちゃんは「僕にならに言える」と限定までして告白しているのだ。けれど僕は「あなたはすごい誤解をしてますよ」とは言えず、毎回分かったような顔でうなずいて聞いてしまう。そしてさらに、自分自身気持ち悪いと思うことは、そのあとの応答が「信用のおける相談役」としてサマになってしまうことだ。無難に良いアドバイスが言えてしまったりする。つまり外見的に言えば、他人の選択は間違っていないのだ。

このグロテスクな関係の根っこにあるものを僕は知っているつもりだ。それは僕の父親がやっている新聞記者という職業だ。父親はあの世代にはよくいるタイプの、子供の教育を完全に母親に委託している人で、もちろんジャーナリストの心得を息子に叩きこむなんてことはしなかった。けれどいっしょに17年間暮らしていれば、決定的に影響される部分はある。感情に流されずいかなる党派性にも偏向せず、常に理性的客観的な判断力を持ち続けること。そうやって「公明正大」という信頼を集めるジャーナリストの身振りが、僕にはいつの間にか身についていたように思う。

ここで僕が特に言いたいのは、その新聞記者という職業の中にすでにこのグロテスクな関係が潜んでいる、ということだ。この仲間には他に、事件が起きるたびにしたり顔でコメントを寄せるような、学者や評論家や作家などが含まれる。僕は最近「コメンテーターと変態は紙一重」という金言を作ってみた。これをさらに発展させると「変態はコメンテーターの資質である」ということになる。最近こういうことがとても気になるのだ。

何という題名か忘れたけれど、罪深い乙女の涙ながらの懺悔を聞きながら神父がオナニーする、というシーンのある映画を見たことがある。彼らコメンテーターの秘められた変態性を象徴するなら、この神父がピッタリだと思う。彼らは何もしないのだ、素晴しいことも、恐ろしいことも。自分の手は汚さず、ただ人のやったことを見る。それも感情を交流し合う生身の人間の目で見るのではない。まず「客観視」という「目そのもの」、目を抽象化したオバケみたいなものになったつもりになる。そして相手からは見えないところから、ひたすら一方的に観察し分析するのだ。また自分は一般大衆とは違うんだというプライドはあるくせに、孤高の隠者のように世の中や他人のことに無関心になれるわけではない。むしろ異常なくらいその動向が気になり、おちおち夜も眠れない。その腹の中には、活き活きと生きている人たちへの、密かな羨望や嫉妬がドス黒く渦巻いているはずなのだ。つまりこれは、どう見たって「覗き」とまるっきり同じじゃあないか。

父親は政治部にいて、県政の金権体質を告発するようなゴリッパな記事などを書いているらしい。その息子も父の血を引いて、クラスメイトやスキー部員になんとなく信用されている。しかしその陰で、彼は実は呪わしいトイレ覗きに走っているのだった……。これはかなりアリガチな構図だろう。我ながら呆れるほどパターン通りにハマっていると思う。

この凡庸が生まれる理由は、やっぱりこれも一種のエディプス・コンプレックスなんだろう。ただ本家のそれと違って、僕の父親は弱かったから、その殺意もネジクレたものになるしかなかった。刃向かって越えようとする相手じゃない。だから、相手が本来いるはずの最底辺に自分がどんどん降りて行ってやりたかったんじゃないか。潜在的変態なんて偽善をやめて、言い訳の余地のないそのものズバリ、モロ変態になりたかったんじゃないか。ちょっと自分を美化し過ぎかな？　変態が何をエラそうにって言われそうだけど。

「最近日本のオヤジは弱くなった」なんて飽きるくらいよく聞く話だから、意外と僕の仲間の「反動変態息子」は、全国にたくさん棲息しているのかも知れない。

あともう一つ、僕に関する誤解がある。僕は確かに外見的には暗いかも知れないが、内面的にはそうとは限らない、ということだ。そのことも読者なら分かるだろう。最近は17歳の男が日記をつけること自体、暗いと言われるような風潮はある。しかしよくよく中身を見てみれば、ここにはかつてよくあったはずの、悩みのナの字も苦悩のクの字も出てこなかったはずだ。別にナウを意識してカットしたわけじゃない。本当にそういうものが僕にはないのだ。変態だってさほど気に病んでいるわけじゃないし。なるようになれと思ってるだけだ。

だから自殺なんて、小学生の可愛らしい夢想以来考えたことがない。最近はそういうものに対して戦闘的であったりする。あるイヤなタイプの本を読んでいると、「苦悩や絶望なんてただの盲信家のタワゴトだ！　どうしてこんな劣った人間の書いたモンわざわざ読まされなきゃいけないんだ！」と投げつけたくなることがある。しかし冷静になって考えると、それは言い過ぎかなとも思うけれど。悲観がもしタワゴトなら、楽観だってやっぱりタワゴトなんだろう。それは雨が降っているか天気がいいかという、環境情況の違いに過ぎない。それは単なる背景画であって、問題の中身は別にある。ただ中身がないくせに背景画にばかりこだわることを、タワゴトと言うんだろう。僕が雨をあまり知らないからといって、天気ばかり称揚していたら、それはタワゴトになってしまう気がする。

僕はそんなふうに、基本的に楽天的な考え方なんだけれど、だからといって外見がいつでも浅野のようにお祭り騒ぎのお天気男なわけではない。それとこれとは別、というか、しばしば逆転するものなんじゃないかと思う。ある日浅野がコロッと自殺したって、僕はさほど驚かないと思う。けれどそこら辺のことをみんな分かってくれない。

退学を最近考えている、という相談もあった。僕は学校でいつも退屈そうだから、僕なら分かると思ったのだろうか。ものすごく退屈なのは確かだけれど、退学なんて考えたことはない。この退屈な街から抜けて東京の大学に行くまでの冬眠期間だと諦めて、じっとしていたのだ。17歳というたぶん人生で一番オイシイ期間を、冬眠で過ごすしかない不幸を感じないわけではないのだけれど。特に夭折《ようせつ》の誰かさんの本なんて読むと、思わずジタバタしてしまう。しかし退学してどうなるというものでもないと、結局はクールに考えていた。

もっともその人たちも、(僕の適切なアドバイスのお陰か) まだ死んでも辞めてもないのだから、クールな僕と大して変わりないのかも知れないけれど。

そんな感じで、僕はその相談の内容自体さえ馴染みがない場合が多く、時には半分バカにしているのだけれど、そこは記者のセガレの悲しいサガか、毎回親身そうに答えてしまうのだ。今だってみのりちゃんに、「見られたっていいじゃん、減るもんでもなし。手術跡だって、あんまり特徴のない君にとっては、むしろチャームポイントになるくらいじゃないの」くらい正しいことを言ってやっても良かったのだ。これを繰り返していれば、もう二度と誰も僕に相談なんてしなくなるだろう。僕はトイレ覗きをやめることを決意したわけだから、その変態の裏返しである相談役もこの際やめるに越したことはない。けれど人間なかなかそう簡単に、身についたものから抜けられないものなのだ。またしても同情を浮かべた真面目な表情でうなずいたりしてしまった。代わりにこうして日記にグジグジ文句を書くハメになる。

カンワキユーダイ。みのりちゃんのセリフの続き。

「今ではちょっと怒り過ぎたって反省してる……。逆にあたしの方が謝らなくっちゃいけないって」

「だいたい分かったよ。つまり僕は宿にいる浅野を呼んで来ればいいわけだね」

「……うん……そうなの。お願いできる？　……あ、でも、あたしが好きなんてことは言わないでね」

「分かった」

僕はこの時から、この二人はくっつくなと確信していた。浅野が落ちこむなんてよっぽどのことだ。それはさっきの、コロッと自殺しても不思議じゃないという話と矛盾しない。浅野は何も思ってない相手にビンタされたとしたら、相変わらずヘラヘラしていうような男だ。けれど落ち込んでいるということは、前からみのりちゃんのことを好きだったか、このことがきっかけで好きになったか、どちらかのはずだ。たぶんその中間くらいなんだと思うけれど。浅野はミーハーに見えるけれど、けっこう純情なヤツで、自分にとって大事なことに関しては思いつめるタイプなのだ。暗くて真面目そうに見えて、実は明るい変態の僕とはまるで逆だけど。

二人は前から気が合っているようだったけれど、とてもお似合いだと思った。くっつくのが遅すぎたくらいだ。浅野はヘンに高望みしないでみのりちゃんに落ち着くのがいい。と僕は、自分の湯山さんのことはすっかり棚に上げて思ったりした。

浅野を呼びに宿に向かいながら、僕はウキウキしていた。恋のキューピットか。悪くない。青春ドラマの主人公になる前に、一回重要な脇役をやってみるのもいい練習になる。いわば前哨戦。しかもそれを湯山さんと二人でやるのだ。そのキューピット同士がまたくっつく。ほら、ありがちなドラマじゃないか。ようやくこの日記もおもしろくなってきた（変態を期待していた読者は失望だろうけどネ）。

二人の御対面の場所は一番下のロッジのテラスだった。まずみのりちゃんが謝り、それから浅野も負けじと謝り、それであっけないくらい早く仲直りとなった。みのりちゃんが手術の跡のことを言うと、浅野は気づかなかったと言った。きっと言うほど目立たない小さな跡なのだ。

それからずっと四人で滑った。

二人は最初のうち何だかぎこちなかった。けれどそれはいい徴候だった。いつもの友達同士という感じの、軽いスムーズなおしゃべりがない代わりに、それよりもっと親密になる可能性のあるムードがあったから。僕と湯山さんはもちろん気を利かせて、二人をなるべく二人きりにした。みのりちゃんはそうされるとテレて困った顔をしたけれど、僕たちは意地悪なくらい容赦しなかった。それは僕が湯山さんと二人きりになることでもあるので、双方の利益に合致していたし。

二人はペアリフトを降りるたびに、面白いくらい目に見えて仲良くなっていった。単純、というと悪いけれど、正直にできた人たちなのだ。僕だったら、人にヘンにお膳立てされたりするとかえって反発しちゃうかも知れないけれど、そういうヒネクレたところは二人にはない。三、四本滑るうちに、浅野はすっかり元の元気を取り戻して、相変わらずの軽口を叩くようにまでなっていた。落ち込みが激しければまた立ち直りも早い。とにかく浅野というのは何から何まで僕と正反対みたいな男だ。確かに羨ましいところも多い。僕は喜びも悲しみもあまり外に出せなくて、腹の底でひたすら潜行するタイプだった。こういうポーカーフェイスは第一に疲れるし、人間関係上の失敗を呼ぶこともあるし、あんまり得なことはない。けれどそうは分かっていてもやめられないことが多いことは、さっきも書いた通りだ。

けれど、とも思う。僕はそんなに自己改革を焦らなくてもいいのかも知れない。相手が湯山さんであるならば、僕はこのままでもいいのかも知れない、とも思うのだ。浅野たちほど急速ではないにしろ、僕たちも確実に親しくなっていった。湯山さんも僕ほどではないにしろ、ポーカーフェイスな人のように見えた。ポーカーフェイス同士なら、その微妙な喜怒哀楽を読み取り合って、かえって意思の疎通がうまくいくかも知れないじゃないか。こういうことは人それぞれ、カップルそれぞれなのかも知れない。

四人で滑るのはとにかく楽しかった。僕はなんとなく「プチ・藤田グループ」などというヘンな言葉が浮かんだ。藤田たちに較べると可愛い印象だけれど、あそこより仲のいい男女混合のグループになりそうだ。そんなことを考えていると、自然とユーミンのかなり昔の『グループ』という曲が思い出されて、ずっと口の中で歌っていた。

……♪過ぎ去った季節　あなたは陽気な　学校一の遊び人　私とあなたと　彼女と
彼とで　笑ったカフェテリア♪……

僕は今、世に言う「グループ交際」なんてものをしちゃっている。こういう一般的なものにハマるって、なんて気持ちのいいことだったんだろう、と思った。今朝までの自分を含めた、「特殊な青春」を送っている暗い人たちに対する、何というめくめく優越感だろう。あの遊び人や不良の、人を見下すような哀れむような視線の秘密はこれだったのか。やっぱり長いものには巻かれろってやつかな。性格上無理してでもスキー部に入って良かった……。

ちょっと僕は過去の自分に自虐的になっていたようだった。

ところでこのノートのタイトル、『青春と変態』もいいけれど、なんだか後者の分量がどんどん減ってきそうだし、ここはひとつ『晩《おそ》すぎた春』っていうのに変えたらどうかな。本当に今そういう心境だから。でも相手が湯山さんなら、遅すぎたところを挽回できるどころか、お釣りが来ちゃうかな。

浅野とみのりちゃんが、もうこれは大丈夫というくらい親密になった頃を見計らったのだろう、リフト降り場で湯山さんが言った。

「あたし会田くんと折り入ってブンガクの話があるから……」

そして僕たちは別々のコースを滑ることになった。

あらためて湯山さんと二人きりになると、やっぱり緊張した。何を話したらいいものかと迷って、結局、

「で、文学の話って何？」

と、湯山さんの冗談を続けることにした。

やっぱり文学カップルって本当かも知れない。僕はいくら新しく生まれ変わったといっても、ただ単にトイレ覗きをやめる決意をしただけの話で、口下手だったところが急に話術巧みになるわけもない。もともと女の子としゃべるために脳ミソを編成なんてしていないから、こういう時の会話の材料も方法も特に持ち合わせていない。そうなるとやっぱり、一応は得意ジャンルの本の話でもするしかない。ちょっと情けない気はするけれど。でも湯山さんもけっこうノッてきたと思う。それからずっと、読書の話なんかをした。

僕と湯山さんの読書の趣味は、けっこうすれ違ったと言える。読むジャンルが違うのだ。お互いに共通する「好きになった本」をしつこく捜したのだけれど、結局見つからなかった。もっとも二人とも読書量が総体的に少ないからかも知れないけど。共通点といえば、ベストセラーをあまり読まないことくらいだった。

僕の読書は小説と「理屈」の本が半々だった。湯山さんは小説も読むけれど詩が多く、「理屈」は苦手だそうだった。反対に僕は詩をあまり読まない。また湯山さんは女性が書いたものと、現代に書かれたものが好きだった。これも僕ときれいにすれ違う。まず僕は極端なくらい女流ものを読まない。その理由を僕はなんとなく知っている。僕にとって読書とは、「強くてカッコイイ第二の父親捜し」なんじゃないかと、最近思うようになったのだ。たぶん僕は本に「事実」も「叙情」も求めていない。ただ自分を叱ってくれる力強い男性だけを求めている。だから女性の著作能力を見下しているのではけっしてない。僕の特殊な読書の目的と完全に無関係なだけなのだ。だから湯山さんの口から出た、日本や外国の女性の小説家や詩人の名前は、ほとんど初めて聞くものばかりだった。また僕は現代のものをあまり読まない。文庫になっているようなオーソドックスな「古典」の方が、読んでて心が落ち着いて好きだった。現代のものやマイナーなものは、薬物のような直接的な刺激があるようで、読んでて不安になることが多かった。だから例えば僕がドストエフスキーが好きと言うと、湯山さんは「よくあんな難しそうでブ厚い本読めるわねー」と言うけれど、僕はそうは思わない。確かにあの人もアブナイ人だけど、僕の言う薬物的なチリチリした刺激はないから、断然読みやすいし面白い。それよりも湯山さんのように、本屋で偶然目に止まった、ノイローゼ気味の現代フランス女流詩人のハードカバーが読める勇気の方が、僕にとっては畏怖すべきものだ。

こんなふうに僕と湯山さんは面白いくらいすれ違うのだけれど、そのことに不満はぜんぜんなくて、むしろ嬉しいくらいだった。なぜなら、これこそ異性というものの醍醐味なんじゃないかと思ったからだ。みんなこのすれ違いが楽しくて付き合ったりするのかな、と。僕は女の子とろくに話したことがないので、こんなヘンな感心の仕方をするんだろうけれど。例えば前に書いた、本を読む方の友達とも読書の趣味はまるで合わないけれど、湯山さんの場合とはまるで感じが違う。なまじ相手の気持ちが分かるような気がするから、お互いにすぐ反発してしまう。時には本のことで真剣に口論になるなんていう、戦前（？）みたいなことになる。けれど湯山さんくらい分からなくなると、むしろ快感だった。世界が急に二倍に広がったような気がした。僕は今まで半分の世界しか知らなかったけれど、本当はもっと広くて豊かだったんだ、そんなふうに思った。今度湯山さんの言ってた人たちの本、読んでみよう。分かり難いかも知れないけれど、だとしても楽しいはずだ。

きっと僕たちが付き合えば、お互いにいい刺激を与え合うベストカップルになるはずだ。本の話をして僕はそう確信した。ちょっと気が早いかも知れないけれど、「シヨウガイのハンリョ」なんて言葉も浮かんでしまった……。

僕たちの関係はこんなふうに、少しずつ着実に進展していったわけだけれど、やっぱりあの天然ものの二人にはかなわない。リフト終了近くに再会した時には、もうすっかり出来上がっていたのだ。何と言うか、浅野を見上げるみのりちゃんの目つきが違う（二人の身長差は激しい）。トロンとしている。きのうの事情を知っている二年生たちはみんな目を見張って、「あいつらどうなってんだよ」と僕たちに訊いてきた。

僕はまた変態の悪いクセが出てしまった。今朝のウンコとダブらせて、秘かな恋愛成就のオマジナイのつもりで、湯山さんに言ってみた。

「覗かれるっていうのも何かの縁なのかなあ」

けれど湯山さんは笑いながら答えた。

「そうねえ。でも、あたしは覗かれるのは遠慮したいわ」

結婚してもよっぽど二人が老人になるまで、ウンコの話は秘密にしておこうと思った。

PM10：55　ロビーのソファーで

ここは夜日記をつける定位置になってしまった。誰もいなくて静かだから、暗くて寒いのがちょっと難点だけど。

夕食からこれまでの時間にあったことを書いておこう。

夕食後、高橋が浅野を捜していた。それで僕は「ははん、浅野はみのりちゃんと密会してるんだな」と思った。そしてちょっとその現場が見てみたくなった。それほど強い欲求じゃないけれど、ヒマつぶしの散歩がてら、二人を捜してみることにした。まさかいきなりSEXなんてしないだろうけれど、キスくらいならしていてもおかしくない。もしかしたら昼間リフトの上なんかでもうやっちゃっているかも知れない。そんな現場を期待して、僕は部屋を出た。

まだ覗き趣味が直ってないと言われても仕方がない。確かにその通りだろう。けれど一応これには、「健全な男になるためのお勉強」という正当な名目が付いていた。きのうの藤田のチンチンの時と同じ、SEXという恐るべき謎に対する挑戦なのだけれど、きのうよりもずっと真剣だ。なんせ僕は、すでに湯山さんとの結婚生活まで考え始めているのだから。

どうしてこうなってしまったんだろう。恋心みたいなものは人並みにあるくせに、それと当然セットになっているべき性欲がなくて、その性欲はというと、トイレ覗きなんていうとんでもなく勘違いな方角で大噴出している。

僕は思うのだけれど、18歳未満お断りとか、20歳の成人式とか、ああいうオトナとコドモの境界線が、そもそも後ろにあり過ぎるんじゃないか。詳しく知らないけれど、昔は12歳とか13歳とかでゲンプクしたりお嫁に行ったりしたとよく聞く。そっちの方が、少なくとも生物学的見地から見ればよっぽど正しいはずだ。つまり精神的成熟なんてとりあえず、射精と生理の始まりという生理現象をもって、子供にピリオドを打つという態度の方が。

　けれど現代ではそうはいかないもっともな理由があることも、なんとなく分かる。そんなことをしたら社会全体の経済活動に混乱が生ずるとか、個人差を考えて晩熟な人に合わせているとか、そういう資本主義とか平等主義の要請があるのだろう。僕にしたって、経済的にはもっとモラトリアムを楽しんでいたいと思うし、システム全体を今すぐガラリと変えてくれとは思わない。けれどこの「長すぎる性のモラトリアム」という生理的矛盾は、そういう色々な思惑とは別に、やっぱり重大な問題として存在し続けるんじゃないかと思うのだ。どんどん性が本来の姿から変質してゆく恰好の温床になるんじゃないか。五年も六年もその衝動の正体をロクに教えられずオナニーを続けていたら、それがすっかり自己目的化の異様な進化を遂げたって不思議はないじゃないか。

　たぶんこんなことはたいていの人は本能的に分かっているのだ。だから反抗期というものがある。そして親や教師に隠れて、エロ本を見たりラブレターを書いたり不純異性交遊をしたりする。けれど僕にはどういうわけか、そういう時期がなかった。家でも学校でも何も問題を起こさない、素直なイイコチャンだったのだ。そしてその頃、劣った三流の教育者たちの言うことを聞き過ぎたのだ。彼らとは、ちょっとインテリを気取った僕の両親や、男女交際をいさめる生活指導部や、悪書追放を叫ぶ青少年健全育成委員会みたいな人たちのことだ。僕は本当に最近まで何も知らなかったのだ。あの「投稿写真誌」と出会い、トイレ覗きにのめり込むようになって、初めてぼんやりとした危機感を感じ、それから慌ててエロ本や真面目な性に関する本で勉強し出したのだ。それがなかったらこんな客観的な文章は書けないし、相変わらず五里霧中のまま変態の道を突っ走っていただけだろう。

その「長すぎる性のモラトリアム」の矛盾に気づいている大人たちだってきっといるのだ。例えば会ったことはないけれど、藤田の両親なんかそうなんじゃないかと思う。藤田の家は繁華街で飲み屋をやっているらしい。そういう所でこそ青少年健全育成は達成される。藤田と僕を比較すれば、それが逆説でも何でもないことがよく分かるじゃないか、ちょっと感情的に言ってしまえば、自分の灰色の青春へのルサンチマン渦巻く大学出身のブス・ブ男どもにそんな高度な芸当ができるわけはなく、その無残な失敗作が僕なのだ！

だから僕は自力で更生するしかない。そのために、今まさに僕には湯山さんという希望の光がある。けれど昼間いっしょにペアリフトに乗っている時などに確かめてみたけれど、僕はやっぱり湯山さんの手を握りたいとかキスをしたいとか、そういう欲求を少しも持っていないことが分かった。ただいっしょにいておしゃべりしているのが楽しいだけなのだ。高校生同士のお付き合いはそんなもんでいい、という声がどこからか聴こえて来るが、ここでそんな生活指導部の口車に乗るようではモトノモクアミだ。たとえ欲求がなくとも、僕はそれをしなければならない。やれば欲求が生まれるかも知れない。順序が逆のようだが、落ち込んだ変態の泥沼から抜け出るには、それくらいの荒療治が必要なのだ。だから僕は性の実際に対してとても真摯な向学心に燃えていた。それで浅野たちを捜しに行った。

たかが覗きにちょっと正当化が過ぎたかな。

まず僕は別館がアヤシイと睨んだ。それは去年来た時にはなかった新築の棟だった。まだ匂いのきついベニヤ張りの渡り廊下を歩いて行く。そこは大きな宴会場が一つあるだけなのだが、そこには二人はいなかった。

引き返して旧館を捜した。清和の泊まる新館にいる可能性はないと思った。旧館はくの字形に曲がったちょっと複雑な構造をしていて、北高はその一辺の二階だけに固まって泊まっていた。一階には家族連れが二組いたが、三階は無人で電気も消してあった。いるなら三階だ。ここはホテルと違って各部屋に鍵など付いていない。僕は足音を忍ばせて各部屋の様子をうかがって回った。けれどどうもどこにもいないようだった。もっとも密会をするなら、こんな宿の中より、温泉街の喫茶店なんかの方が適している。たぶんそっちに行ったのだろう。

けれど芽生えた向学心は諦めきれない。その三階の廊下からは、川の向こうの旅館やホテルの窓がたくさん見えた。しばらく秘密のタバコでも喫いながら、それを見ることにした。

窓をあけるとゴーッという川の響きが入ってきた。さほど広くはないけれど、とても深くえぐられた、流れの速い渓流だった。そこに熱い温泉が流れこんでいるのだろう、底の方には白い湯気がモヤとなって漂っていた。

対岸の方が温泉街の中心だった。たいていは和風の旅館だったが、中にはそれに毛が生えた程度の小さなホテルもあった。僕は明かりの点いているすべての窓を丹念にチェックした。僕の「勉強」になることをやっている男女がどこかにいないか。……しかしそう世の中こっちの都合通りにはいかない。だいたいすぐ向かいにはこっちの宿があるのだ。そんなところでカーテンも引かず電気も消さず、何かいいことをするカップルなんているわけがない。それにゲレンデで見たところ、若いカップル自体少ないはずだった。だって「三ツ村温泉スキー場」なんて、聞いただけでも女の子に誘いを断られそうな名前じゃないか、夜中に横溝正史が出てきそうだ。

結果から先に言えば、僕は何も面白いことの起こらない退屈な窓々を、それからえんえん二時間近くも眺め続けていた。やっぱり我ながら異常だと思う。トイレ覗きの公約は破ってないものの、その性質はなんにも変わってない。とりあえずどれくらい退屈だったか書いておこう。

まず明かりの点いている窓の半分くらいは人影さえ見えなかった。カーテンや障子を引いていたり、壁の陰に隠れていたり、留守にしていたりするからだ。

見えている人影も、たいてい大したことはない。まずもって動かないのだ。人間とは普段部屋にいる時、あんなにも動かないものなのかということは、一つの発見だったけれど。タバコを喫っているお父さんの手が時々灰皿に伸びる。ビールを時々コップに注ぐ。テレビのチャンネルを変える。立ち上がって奥に消える。寝転んでいた人が手を組み替える。そんなどうでもいいことが、どこかの窓で一分間に一回あればいい方だ。

いや、確かに動きのあるところはあった。旅館の大宴会場の団体さん。商店街か農協か知らないが、絶対にスキーをしに来たんじゃないご老体が、カラオケで盛り上がっていた。けれどここはほとんど見る価値がなかった。年齢や人種の問題もあるが、何といってもこんな大人数の集まりにはすでに公共性が発生していて、神秘性がまるでなかったから。

そう、確かに動きが少なくて退屈だったけれど、他の部屋にはまだしも神秘があった。だから二時間近くも覗いていられたのだ。ある程度離れていたのでよく見えなかったし、音声もまったく届かなかった。つまり情報量が少ないので、何をやっているのか分からず、すごくもどかしい。その分を穴埋めしようと想像力が働くので、不思議な神秘性が生まれるのだ。ある部屋では若い女性が同じ動作をいつまでも繰り返していた。それが何をやっているところなのかどうしても分からず、ずっと見ているうちに、何か呪術的な祈禱をしているように見えてきた。まさかスキー場に来てそんなことをする人もいないだろうけれど、一旦そう見えるとそれ以外ではありえなく思えてしまうのだ。こんなふうに、ある部屋ではどう見ても男が恋人に隠れてオナニーしていたし、またある部屋では一家心中の相談をしているうちに母親の気が狂った。こんなに退屈だとなおさら、何か修羅場の家族ドラマなんかを仕立て上げたくなるのだろう。

前に覗きの快楽は、性欲よりももっとメンタルなものに関わっていると書いたけれど、これを見ていてその確信をさらに深めた。極端な話、例えば部屋でタバコを喫っているオジサンを覗くだけでも快感はあるのだ。女性の性器や放尿に較べればずっと微弱だけれど、その性質はほとんど同じものだ。

僕はなかなかやめられない退屈な窓の監視を続けながら、それならここで「覗き哲学」でもじっくりと練り上げてみようと考えた。けれどあまりうまくいったとは思えない。ただ一つ、はっきりと分かったことがあった。それは、「覗き」とはある極端な人間観のことだ、ということだ。中間をすっ飛ばして、両極の間を目まぐるしく往復する高速運動のことなのだ。つまり、人間を人間として当たり前に見るのではなく、ある時は虫ケラと見、ある時は神様と見るのだ。虫ケラと見る時僕は神様になっており、神様と見る時僕は虫ケラとなっている。完全優位な視点と、完全劣位な視点。だからこうして「覗き」を目的に対岸を見ていると、それは普通の温泉街の明かりには見えなくなってくる。「神々の住まう神秘の御殿」と「ムシケラどもの蠢く巣」という二つの視線が、同時に存在しながら分化してゆくのだ。

思えば、僕が数ある変態行為の中でも特にトイレ覗きに飛びついたのは、この構造がこれほど明確になるものが他になかったからだろう。あまり意識したくないので本人はまず見たことのない、不潔な排泄行為の局部拡大を僕が冷やかに観察する時、女性は一匹の生物的存在にまで貶められる。しかしそんな神の視点を持った男は、同時にゴキブリのように卑屈に息を殺し地面に這いつくばっている男でもあるのだ。その見上げる視線はどう見ても、神に見まごう人間様を崇める虫ケラのものだ。つまりここにあるのは、女性に対する一〇〇％の蔑視と、一〇〇％の憧憬だけなのだ。異質ではあるけれどなぜだか惹かれる、たぶんそんなふうな、普通の男性が女性に持っているはずのほどよい関係性が抜け落ちているのだ。僕は女性とうまくコミュニケイションがとれないから、こんな依怙地と極端に走るハメになるのだろう。

僕は何事においてもそうなんだと思う。結局おまえは自分の変態性に対して反省しているのか反省してないのかと、イライラしている読者がいるかも知れないけれど、それもここら辺に由来する。僕はいつでも自己肯定の自己尊大と、自己否定の自己卑下との間を目まぐるしく往復している……。

ここら辺まで考えた頃、ちょっとした事件が起きて考えは中断された。

突然階段を登って来る足音が聴こえたのだ。そして僕はとっさの判断で隠れた。階段とは逆の方に廊下を歩いてゆき、角を曲がったところで身をひそめたのだ。その奥は行き止まりになっていた。

もちろん僕は堂々とそのままの場所にいてもよかったのだ。誰もこの状況を見ただけで、僕が向かいの窓を覗いていたなんて分かる人はいないだろう。なのにこんな卑屈な行動を取ったのは、やっぱりこちらの内心のヤマシサから出た条件反射なのだ。僕はこの一年で、すっかりゴキブリの機敏な反射神経を身につけていた。また僕は浅野たちのことをまだ諦めたわけではなかったのだ。足音はどうやら二人分あったから。

足音は階段を登ったところで止まった。こちらに来る様子はないようだ。そのうちに小さく話し声が聞こえてきた。僕はゆっくりと廊下の角から片目を出して、そちらを覗き込んだ。二人の男女のシルエットが見えた。女の方はさほど背が低くないし、少しウェーブのついた髪形だったので、それがみのりちゃんではなく久保さんだということが分かった。ということは男のほうは藤田だろう。

藤田たちでいっこうに構わない。むしろラブシーンを見るなら、美男美女で交際一年以上のこっちのペアの方が見応えがあるに決まっている。ただ毎日いっしょに下校している二人が、わざわざこんなところでそんなことをするものだろうかと思った。浅野たちならめったに会えないので、今こそハリキルだろうけれど。とはいえ狭い市内のこと、いくらマセてる藤田たちであっても、高校生同士だと人の目が気になって、なかなか思うように過ごせないのかも知れない。そして日頃の鬱積がこういうところで爆発するかも知れない。ぜひ爆発していただきたい。

二人は階段を登りきったところの、廊下の端に立ち止まったままだった。そこから僕まではかなりの距離がある。この階は電気が点いていないうえに、そのあたりには窓がなかったので雪明りが差しこまず、二人は暗いシルエットとしてしか見えなかった。しかもさっき自分が開けた窓から川の響きが入ってきていて、二人の会話はほとんど聞きとれない。

このもどかしさはさっきの対岸の窓と同じだ。だから同じように想像力が活躍してしまう。二人にはあまり動きがなかったし、言葉も多く交わしていないようだった。だから僕は、自分の期待が露骨に反映した押し問答を想像していた。……「なあ、いいじゃないか」「ダメよ、誰か来たらどうするの」「大丈夫だって。誰も来やしないよ」「いやよ、こんなところじゃ」「もう我慢できないんだ」……。藤田がこんな下品なことを言うわけないんだけど。

けれどそんなツヤっぽい雰囲気ではないことは、途中から分かってきた。時々断片的に聞こえてくる久保さんの声が、けっこうトゲっぽかったからだ。どうやら二人はケンカしているようだった。だとしたら、悪いものを見てしまったな、と思った。僕はアツアツのカップルなら覗きたかったけれど、人の不幸を見て喜ぶ趣味はあまりなかった。きっと僕は人の幸福に嫉妬することの方に快感があったのだ。そしてきっとそれこそデバガメ一般の心理なんだろう。

そんな感じで10分くらい過ぎただろうか。突然久保さんがこちらをクルリと向いて、スタスタ歩いて来たのだから驚いた。僕は慌てて顔を引っこめた。見つかってしまった、と思い、早くも弁明の文句をあたふたと考えていた。

けれど彼女の足音は、僕のすぐ近くまで来て止まった。それからガラガラと、立て付けの悪い木枠の窓を閉める音がした。僕が開けた窓を閉めに来たのだ。川の響きが遠のいて、あたりは急に静まった。そこに、

「どうりで寒いと思った……」

という久保さんの声が異様にくっきりと響いて、僕は思わずビクリとした。

しばらくまた沈黙が続いた。声も足音もしない。二人とも何も言わないし、離れたままの位置から動こうとしないようだ。何をしているんだろう。男女がケンカして気マズイ空気になると、こんなにもお互い黙りこむものなんだろうか。覗き込みたいが、すぐそこに久保さんがいるはずなので覗けない。それにしても長過ぎる沈黙だ……。

「もう本当に終わりね」

また突然久保さんの険のある声が響いた。

僕は一瞬耳を疑った。終わりだって？　終わりって言ったら、あの男女の関係が終わるっていうあの終わりのことか？　久保さんと藤田が別れるだって？　そんなことがありうるのか？　それともこんな言葉は男女の付き合いの中で何度も言われる、軽

い常套句みたいなものなのか？

それから足音が響いた。久保さんは藤田の方にツカツカと歩いて行き、そのまま速度を変えずに藤田の脇を抜けて、階段を足速に降りて行ったようだった。一階まで降りて、新館に向かう廊下を歩いてゆく足音が、最後まで小さく聴こえた。

……そっと覗くと、まだ藤田は暗い階段の降り口にいた。覗いてすぐに、その顔が一瞬パッとオレンジ色に照らされた。タバコに火を点けたのだ。煙を吐き出し、それからゆっくりとこちらに向かって歩き出した。僕はさっき久保さんが来た時やろうとして、間に合わずにやれなかったことを、急いでした。近くの窓の方に寄って、外を眺めているような演技を始めたのだ。見つかったら仕方がない、開き直って対応するしかない。

果して、藤田は廊下の角まで来てそこを曲がり、そこで窓を眺めている僕とバッタリ鉢合わせ、ちょっと驚いた声を上げた。

「あっ、なんだ会田か」

「悪い。ちょっと聞こえちゃった。出るタイミングを失っちゃって……」

「そうか」

たぶん藤田は本当に僕を信用したようだった。階段はこっちにはないのだから、僕が先客として偶然ここにいたことは明白だったから。それに爽やかな藤田は、覗く趣味のある男の存在なんてよく理解できなかったんじゃないかと思う。

それでも僕は言い訳がましく、ポケットからタバコを取り出して喫った。みんなに秘密にしているこれを喫いにここに来たんだと説明したくて。僕は今の久保さんとのことに触れていいのかどうか分からなかったので、しばらく二人でそんなタバコの話をした。

その話がちょっと途切れた時、藤田は意外にそっけなく言った。

「俺たち今別れたんだ」

僕は興味津々根掘り葉掘り訊きたい気持ちを抑えて、落ち着いた口調を心がけて言った。

「やっぱりそうだったんだ。でもそれって本当に？　また復活することはないの？」

「今度こそは本当だろうな。前からこういうことはよくあったんだけど、今度のは決定的だと思う」

「そう……。仲良く見えたけど」

「俺たちは初めっからあんまりうまくいってなかった。ウマが合わなかったんだな」

「そんなことってあるの？　北高一の理想的なカップルって呼ばれてたのに」

藤田は苦笑いした。

「お互いに見栄っぱりだったからな。あんまり外には仲悪いところ見せなかった。でももうそれにも疲れて、ここらへんが限界だった」

疲れといい限界といい、僕にはほとんど及びもつかない心境だったけれど、僕は「藤田グループ」の一員にでもなった気で、タバコをふかしながらアダルトに応じ続けた。

「でもやっぱり僕なんかから言わせれば、久保さんをふるなんてもったいないな」

「ふったわけじゃないさ。自然消滅ってヤツだから。それに会田には湯山さんがいるからいいだろう？」

急にその名前を言われてドギマギしてしまった。

「え？　それって『文学カップル』のこと？　あれは冗談みたいなモンで、誰も本気にしてないよ」

大人ぶったつもりでいてふと自分のことに話が振られると、途端にこんな中学生みたいな返答しかできないんだから、僕ってしょうがない。すると藤田は珍しくクスクスと笑ったかと思うと、僕にとってはものすごく意外なことをしゃべり出したので、すっかり驚いてしまった。

「さっきの会田のタバコの話じゃないけどさ。俺ってきっと明るくて、隠し事なんてないように見えるだろう。でも案外暗いヤツなんだぜ。誰にも教えてない秘密があって、それにいまだに傷ついていたりする」

「へえ、藤田が……」

「聞けばきっと驚くと思うよ。……俺も湯山さんにふられたことがあるんだ」

「ええ⁉」

「な」

「それって……いつの話？」

「久保と付き合う前だから、一年の十二月の合宿だな」

「そんなことぜんぜん知らなかった。だってそんな身振り二人にぜんぜんなかったじゃない」

「誰にも秘密にしてたから。な、けっこう暗いだろ」

「まあ……ね。それは久保さんにも？」

「久保には最近話した。それが別れを早めた原因の一つでもあるけど」

きのうゲレンデで僕らを睨んでいた久保さんを思い出した。あれにはこういう事情があって、湯山さんを睨んでいたのか。

「じゃあそれって、久保さんを傷つけるから、今まで話を広めなかったわけなんでしょう？」

「それもあるけど、やっぱりそんな話人に知られたくなかったから、隠していた部分もあるさ。けっこうショックだったからね。自慢するわけじゃないけど、断られたのは初めてだったから」

「たしかに藤田を断るなんて、やっぱり湯山さんってそうとうどうかしてるね」

「そんなことはないさ。俺は何といってもミーハーだから、湯山さんとは釣り合わなかったと今では思うよ。湯山さんには会田の方がずっと合ってるだろう」

廊下は暗かったから気づかれなかったと思うけれど、僕の顔はみるみる真っ赤になっていったと思う。

「実を言えば、こんなこともあったし、俺はずっと会田が羨ましかったんだよ。俺はロクに本も読まないし、あんまりものも考えてないからな」

僕こそ楽天的なミーハーなのに、また誤解されている。こういう有頂天な時はやみくもな謙遜に走る。

「僕より藤田の方が考えているよ。僕は外見が暗いだけで、頭の中はそうとうオメデタク出来てるから」

「でもやっぱり違うさ。会田と湯山さんのオヤジは○○新聞の記者なんだろ。俺は両親とも中卒の飲屋のセガレだから、もともとのデキが悪いんだよ」

藤田のこんなコンプレックスめいたセリフを聞くのは初めてだった。僕は僕で新聞記者のセガレにコンプレックスを抱いていて、このすれ違いはおかしくもあったけれど、何か悲しい気分にもさせられた。

「何言ってるの。成績だって僕よりずっといいはずでしょ」

「でもな、最近思うんだよ。成績いいったって、せいぜい地元の国立とか行ける程度だろ。学問したいなんて気はぜんぜんないし。それで卒業したらほどほどの会社に入ってさ、ほどほどに出世して、ほどほどに遊んで、そして退職だろ。つまんない人生だと思うけど、それ以外俺には思いつかないんだ。限界ってあると思うな。だから今をせいぜい楽しもうと考えてるだけで。こんな男だから、湯山さんにふられるのも当然って気がするよ。でも会田は違うだろ？　会田は何かやりたいことがあるって感じがするよ」

「僕だってやりたいことなんてないよ」

「小説でも書けばいいじゃないか」

「小説ねえ……」

きのうまでの僕なら「そうだね」くらい答えていたかも知れないけれど、今や考えは変わった。小説書きなんてコメンテーターの変態趣味だ。僕は藤田のようにフッーに生きてフッーに恋したい。

「とにかく湯山さんと付き合えばいいじゃないか。きっと似合うと思うよ」

……話はまだ続くのだけれど、このくらいでやめておこう。まだ書きたいことはあるけれど、ちょっと疲れた。続きはまた明日。おやすみなさい。

3月31日
PM2：15　リフトの上で

きのうは根負けして書けなかった続きを書こう。

実はきのう藤田と話をしてから、ある重大な決意をしたのだ。日記をつけている時も、部屋に戻って布団に入ってからも、ずっとそのことを興奮しながら考えていた。そのせいでなかなか寝つけなかった。

それは明日、というのは今日のことだけれど、昼間のうちに湯山さんにアタックする、ということだった。

まず僕は湯山さんに告白するとか、気持ちを訊くとか、口説くとか、そういう具体的な行動に出る計画をぜんぜん立ててなかったことに、今さらながら気づいた。ただ、このまま今日も明日も湯山さんといっしょに楽しく過ごせたら幸せ、くらいにしか考えてなかったのだ。けれど普通に考えれば、このままでいくと湯山さんとはあと二日で永久にお別れなのだ。ただ、「合宿でいっしょに仲良く滑った人」というメモリーだけをお互いに残して。

もちろんそれはイヤだ。また会いたいし、またまた会いたいし、とにかくずっと会いたい。湯山さんの気持ちはまだやっぱり分からない。あっちもそう考えているかも知れないし、そんなことは考えてないかも知れない。けれどどちらにしてもこういうことは、男の方から働きかけなければ何も始まらないというのが、一応この世のルールなんじゃないか。僕は今までの交友関係では、その連結・切断はいつでも他人に任せていたような気がする。来る者は拒まず去る者は追わず、という淡白さが僕のスタイルだった。けれどそれをここでもやっていいんだろうか。それで手に入れたいものが手に入るんだろうか。きっと違うんじゃないか。いくら湯山さんが変わり者であっても、こういう基本的な作法は守らなければならない気がする。

もちろんお互いの街に帰ってから彼女に電話をして、再会の約束を取り付けることは可能だろう。けれどももともと人に何か働きかけるのが苦手な僕に、そんな芸当ができるかどうか、怪しいところだ。それならば気楽に話をするリズムの出来ているこの合宿の間に、何らかの手を打っておくべきだ。

僕は湯山さんに言うセリフをすでに決めていた。「ねえ、今度いつか僕の街に遊びに来ない？　案内するよ」これだった。

まず、いきなり「愛してる」なんて言えるわけがないと考えた。だいたい愛といいLOVEといい、ぜんぜん実感の湧かない言葉だ。恋なら実感に近いけれど、「恋してる」なんてセリフはない。「好きです」だと……今度は少年少女のレモン色の初恋みたいになって（事実そんなもんだけど）テレ臭い。結局僕には、いきなり告白めいたセリフなんて言えそうにない。

また告白とほとんど同じ意味になるけれど、湯山さんの気持ちを訊くとか、交際を申し込むとか、そういうこともものすごく怖くてためらわれた。それはやっぱり僕の弱さと卑怯さなのだろう。もしこういうことが全部僕のカン違いで、失恋に終わってしまった場合でも、それが明白な形として残らないような予防線をすでに張っているのだ。情けない話とは思うけれど、僕の心臓の強度を考えると仕方のない処置なのだ。また言い訳がましいけれど（事実さっきから言い訳ばっかりなんだけれど）、これには相手が湯山さんだからこそ、という問題も含まれていると思う。ポーカーフェイスの湯山さんからは最後まで何が飛び出してくるか予想がつかず、こんなに親しくなったといっても安心するわけにはいかなかった。そしてそれを裏付けるように、過去の「連続お断り記録」という不吉なデータがあった。歴代、浅野・山田・木之内、そして藤田さえも断られているのだ。客観的に見て、これらの男たちより僕が優れているところはほとんどないはずだ。確かに彼らより僕の方が湯山さんと数段親しくはなっている。少なくとも「憎からず」と思っていることだけは確かなようで、僕の勝算もそこだけにあった。この小さなトモシビを大切に育てたかった。いきなり「僕と付き合ってください！」なんて叫んで、やりようによっては大きくなったかも知れない灯を、あっけなく吹き消すようなマネはしたくなかった。

だから今は、一番断られにくい、相手がＯＫと言いやすい約束をとりあえず取り付けたかった。告白や交際申し込みはそのあとでも構わないと考えたのだ。それで「遊びに来ない？」のセリフに落ち着いたわけだ。意味はそのつもりなのだけれど、「デート」という言葉さえ重く感じられて、使えそうになかった。

ではそれをなぜ最終日の明日ではなくて、今日のうちに言おうと思ったのかというと、まあそれには大した理由はない。要するに「善は急げ」くらいの意味だ。僕のためらいがちな性格を考えると、実行がズルズルと後ろにずれ込む危険性が大いにある。今日がダメなら明日があるが、明日がダメな場合、帰ってからのドキドキものの長距離電話しかなくなるのだ。こういうことは早めにやるつもりでいた方がいいに決まっている。

それから、今晩の酒の出るコンパの席もなんとなく心配の種だった。去年の二年生でこの席で出来上がったカップルが一組いた。今度は誰が湯山さんを口説かぬとも限らず、あの席はアブナイと思ったのだ。石橋を叩いているうちに、誰かにサッと渡られるなんてこともありうる話だ。だからできればあの席は、途中で湯山さんと抜け駆けして、湯山さんを隔離したい。そのためには、その前に再会の約束くらい取り交わして、かなり親密になっていなければならないだろう。

こんな臆病な半告白みたいなことを人は笑うかも知れないけれど、それでもこれは僕にとって、勇気ある格段の進歩と言えたのだ。この主観的な勇気が俄然湧いてきたのは、きのうの晩の藤田との会話がきっかけだった。とにかく僕にとって藤田というのは、いろいろな意味で大きな存在だった。このことにきのう改めて気づかされた。

僕はひねくれて人を小馬鹿にするような性格をしているのだけれど、なぜか藤田の人格だけは尊敬していた。藤田の言動なら何でも信頼できる、そういうところが確かにあった。その藤田に「湯山さんと付き合えばいいじゃないか」と言われたのだ。何をモタモタしているんだ、とハッパをかけられた気がした。だから僕は騎手にムチを入れられた馬のように、途端に走り出すエネルギーが湧いてきたのだと思う。あるいはこうも言えるだろうか。湯山さんが僕の変態を治してくれる薬だとして、それを飲み込むことを躊躇していた患者を僕とすれば、結局それを飲み込ませてくれた医者は藤田だったと。とにかく藤田という僕が信頼を寄せている導き手がいなければ、僕はデートの約束もできずに湯山さんとこのまま別れ、再び覗きの道に舞い戻っていたかも知れない。

また藤田も湯山さんが好きだったということで、湯山さんには藤田のお墨付きさえ付いた、ということもある。「皇室御用達」のレッテルみたいなものだ。やっぱり僕の目に狂いはなかった、と。それほど僕は藤田の女性観も高く買っていたのだ。だから僕にはますます湯山さんが、世界一の宝石のように輝いて見えた。

そして相手はその藤田さえふった女性なのだ。オマエが今さら何を恐れることがある、という気もしてきたのだ。例えて言えば、走り高跳びの世界新記録のバーみたいなものだ。ダメでもともと、成功したら拍手喝采、いっそ思い切って踏み切れるというものだ。それほどまでに、藤田は僕にとって遥か高みにある水準だった。

……何をキレイゴトを言ってやがると思っている読者がいるかも知れない。そうなのだ。こういう藤田への尊敬や信頼なんていうウルワシイ話がみんな嘘だったとは言わない。けれど、僕が俄然ハッスルした最大の理由は、そこにはないことは分かっている。それを正直に書いておけば、「あの万能人のような藤田さえ落とせなかった女性と僕は付き合える！　僕は藤田を越えられる!!」という、醜い下剋上の心理なのだ。これはものすごい優越感・登頂感・征服感だった。変態という最底辺からのめくるめく上昇にともなうこのドス黒い歓喜を、僕はどうしても抑えることができなかった。やっぱり僕は変態出身者、こんなところでも生まれつきの根の暗さが出てしまうのだった……。

しかし今日は少なくとも今現在まで、いいチャンスが巡ってこない。湯山さんとなかなか二人きりになれないのだ。というのは今日僕たち二年生は、全員でポールをやっているからだ。ポールというのは、オリンピックのスキー競技などで見られる、選手がその間を縫いながら滑る、プラスチックなどで出来たあの赤青の棒のことだ。そういう競技スキーの練習のことを、普通のゲレンデスキーと区別してポールと呼んでいた。

僕はウチのスキー部のことをさんざんレジャー・スキー部と呼んできたけれど、ちょっと大袈裟だったかも知れない。一応高校の運動部ではあるから、活動のメインはゲレンデスキーではなく、下手クソながらポール競技だった。普段の合宿ではリフトなんてめったに使わない。ポールを立てたコースを滑り降りると、足腰を鍛えるために、外したスキーを担いでスタート地点まで登る。それを一日中ひたすら繰り返したりする。しかし今回だけは二年生は最後のデザートとして、そういう禁欲的なスキーを免除されている。

ただそういう自由なゲレンデスキーは、二日も続けると飽きてくるのだ。ポールによってコースを規制される不自由なスキーの快感を、体が覚えてしまっているのだろう。だから合宿三日目の今日は、誰が言い出したでもなく「一日くらい最後にポールをやりたいよね」という意見が自然発生して、だいたい全員一致でやることが決まった。それにずっと二年生はバラバラで滑っていたから、一日くらい全員いっしょに過ごしたいとも思ったのだろう。僕らは自主的にスキー場からポールを借りてきて、ゲレンデの隅にかなり長いコースを作った。コース作りはみんなシロウトなので無茶な箇所が多く、いろいろ修正を加える必要があって、やっと完成したのは午後だった。それからゴールでストップ・ウォッチを交替で押して、タイムを競った。

もちろん僕たちは自主的にスキーを担いで登るようなガッツはない。ちゃんとリフトは使うのだけれど、ここのリフトは残念なことに一人乗りだった。そのため僕には湯山さんと二人きりになれるチャンスがほとんどなかった。少しはあったけれど、そんな僅かな時間を見つけてデートの約束を取り付けるなんて、どう考えても不自然だった。だから「今日の昼間のうちに」という計画は、まず諦めなければならなかった。けれど僕が不満ばかりだったかというと、そうでもないのだ。僕にもみんなと同じくポールの楽しさが滲《し》みついていた。それだけではなくて、僕こそゲレンデスキーより断然ポールが好きで、比較的得意なタイプだった。僕は雪国に暮らしていた頃、スキーを遊びながら勝手に憶えた。そういう「地元スキー」出身者の特徴は、フォームは汚いけれど安定性だけはいい、というところにあったと思う。だからゲレンデスキーでは汚いフォームが恥ずかしくて、ソワソワ落ち着かない気がした。けれどポールではあまりスタイルは問題にされない。要は転ばずコースを外れず、あとはタイムが一秒でも短ければいい。そういう分かりやすい価値基準がまず好きだった。それに僕は安定性だけは良かったから、あまり転んだり外れたりはしなかった。他のことでは褒められないけれど、重心の低さだけは会田を見習えと、舛田はよくみんなに言った。そういえばこれはスキー部の合宿だというのに、このノートにはほとんどスキーの描写がなかった。どうせ今日の昼間は湯山さんとのことで進展はなさそうだから、このままスキーの話を続けてしまおう。

今日は特にポールの調子がいい。現在のところ、僕のタイムは三位に付けていた。後で抜かされたのだけれど、一時は僕がトップだった。こんなにいい成績なのは初めてなのだ。いつもはせいぜい中の上くらいなのに。これはやっぱり「湯山さん効果」みたいなものなのだろうか。そういう効果がある理由はなんとなく理解できる。

あらゆるスポーツがそうかも知れないけれど、スキーでも特に「積極性」が要求される。特に決められたコースを滑るポールの場合、これがないと途端にコースアウトする羽目になる。かなりスピードがつくようにコース設定してあるから、ポールは次から次へと現れる。ポールが現れてから、慌ててそれにターンを合わせているようでは、必ず遠心力に負けて弾き出されてしまう。あるポールを通過する時には、その前に、すでに次の、できればそのまた次のポールを曲がる自分までイメージしていなければならない。そしてそのポールを通過した次の瞬間には、もう次のポールを曲がる体勢が出来ていなければならない。きっとオリンピックの一流選手などは、全ポールをイメージしてからスタートするのだろうけれど、僕たちはとてもそこまでは行かない。とはいえ、とにかく先へ先へと自分の意志を先走りさせなければならないことには変わりない。ちょっとコジツケめくけれど、湯山さんに対して積極的であろうとしている気持ちがスキーにも現れて、いい結果に出ているんじゃないかと思う。

さらに積極性と似ているけれど、勇気。これもスキーには必需品だ。これさえあればスキーは何とかなるとさえ僕には思えた。そのいい見本が浅野だった。アイツは完全な初心者としてスキー部に入ったのだけれど、持って生まれた無茶なところが幸いして、今ではキャリアは長いはずの僕と互角の腕前だった。最初の頃は文字通りの猪突猛進で、ロクにブレーキングも憶えてないのにスピードを出し、よく危険ゾーンの網に突っ込んだものだった。どうしてそういう性格がスキーに向くかというと、それは例えば、ものすごく急な上級者コースを滑る時のことで説明できる。

そういうところに立つと、本当は傾斜40度もないはずなのに、ほとんど断崖絶壁に見える。そして僕らの足には、加速度がつきそうな、やたらにツルツル滑る重たい板がくっついている。ここからスタートを切るという状況には、何か投身自殺に近いものがあった。けれどこの状況を怖いと思ったら、必ず転倒した。怖いには違いなくても、「怖くて怖い」と思ってはダメで、「怖くて楽しい！」というような心境にならなければならないのだ。これには僕もよく知らない、スキー操作上の力学的必然があった。前もどこかで書いたけれど、スキーは常に板の前の方に体重をかけてないとうまく操作できない。前傾姿勢と言って、前の方に体を突き出さなければならないのだ。しかし急な坂でそれをやるということは、ますます投身自殺に近い体勢になるのだ。普段の生活では、高い崖のようなところに来たらお尻を引くというのが正しい本能のはずだ。その本能に矛盾したことをスキー場ではしなければならない。それをやらないと、逆にスピードが止まらなくなって怪我をしたりするし、上達も望めないのだ。

そういうわけで、スキーには勇気というか、「死んでもいい」みたいなちょっとラリパッパな、浅野のようなチャンネルが必要なのだ。そしてこの分量も、僕は今「湯山さん効果」で増えているのだろう。ポールはそんな急な斜面に作ってないとはいえ、曲がる回数が少ないので相当スピードがついてくるし、コースが深くえぐれてきて、けっこう怖いのだ。

タイムのトップはいつもの通り藤田だった。二位は木之内。けれど二人ともそんなに僕との差はないので、今日は僕はすごく調子がいいし、がんばればまた追い抜けるかも知れない。ゲレンデスキーでは藤田は圧倒的にうまかった。ウェーデルンがちゃんとサマになって滑れるのは藤田くらいのものだった。けれど二本のスキー板がいつでもピッタリ揃ったきれい過ぎるフォームが障害になって、競技のタイムが伸び悩んでいた。ポールではガニマタなくらいがちょうどいい、それさえ直れば大会でももっとマトモな成績が出せるのに、と舛田にいつも言われていた。

それにしてもこうしてリフトで一人きりになったりすると、ふと思い出す。きのうまでやっていたトイレ覗きのことを。「よりによってスキー場で覗きをやるとは……」と、我ながら呆れた笑いが込み上げてくる。あのひたすら暗い趣味に、こんなに似合わない明るいスポーツも他にないとつくづく思う。

明るい理由に、さっきの積極性と勇気の必要が含まれることは言うまでもない。怪我や事故を起こさないためにも、つねに陽気にハッスルしていなければならないのだ。剣道のような落ち着いた精神統一なんて邪魔になるだけだった。

またスキーは快楽に対してひたすら貪欲なスポーツだとも思う。そう、スポーツと呼ぶのが憚られるくらいに。特にゲレンデスキーの場合は、明らかにアミューズメントに片足突っ込んでいる。それはスピードに関してはジェットコースターなどに酷似していたし、リズムに関してはダンスなどと血縁関係があった。

まずスピードといえば、それを生み出すエネルギーがどこから来たかと言えば、それは僕らの筋肉ではなくて、要するにリフトなのだ。ジェットコースターと同じく、リフトの動力によって高いところに運ばれた、その位置エネルギーの変換に過ぎない。ではスキーを終えたあとの心地よい筋肉痛はどこから来るのかと言えば、それはもっぱら、ターンも含めた「ブレーキ」として使われたものなのだ。筋肉をまったく使わなければ、それは直滑降ということになり、ひたすら加速がついていきて、あげくは怪我するか死ぬ。それはみんなイヤなので、がんばって筋肉を使う。これではまるで、ニンジンは嫌いだけどおいしいニンジンケーキにすれば食べられる、ワガママな子供みたいじゃないか。「スピード」と「筋肉使用」という快感だけは頂いて、おっくうな「根性」は免除されている。やる気がなくなったら途端に運動の止まる、「自分との闘い」などと称されるマラソンとはまるで逆なのだ。しかもリフトの値段はけっこう高い。だからそのワガママな快楽には、奢侈《しやし》の明るさみたいなものまで入り込んでいる気がした。

リズムといえば、僕は音楽やダンスに詳しくないからあまり確かなことは言えないけれど、たぶんスキーは音楽的なのだ。それもやっぱり「イメージビデオ（僕らは部費でそんなものを買っていた）」などのバックに流れるような、アップテンポな曲だろう。他のスポーツでもリズムは大切だろうけれど、こんなビデオクリップめいた軽薄なイメージトレーニング用のビデオのある種目が他にあるだろうか。長いコブ続きの斜面などを滑っていると時々、「僕は踊っているみたいだな」と思うことがあった。それは、スキーの操作はほとんど腰のヒネリでやるからだ。黒人みたいな卑猥な腰つきになって、僕にはほとんど似合わないなと恥ずかしい気もするのだけれど、スキーがそれを強制するのでしかたがない。

最後に、もしかしたらこれがスキーの明るさの一番の原因かも知れないけれど、その眩しすぎる背景、風景があるだろう。地面がすべて白いということは、けっこうすごい色彩効果を上げるのだ。しかもスキー場は高い所にあるので空気が澄んでいる。それで今日のように天気が良かったりすると、すべてのものが異様なくらい色鮮やかに輝いて見えるのだ。

だからスキーウェアーの南国調の色や柄は矛盾しない。雪国とはいえスキー場には、トロピカルというかラテン系というか、とにかく明るく脳天気なものが似合っていた。けっしてけっして、間違ってもトイレ覗きが似合うところではないのだ。

まあそんなわけで、今日の昼は湯山さんのことはひとまず置いておいて、スキーを楽しむことにした。きっとそれも無駄じゃないだろう。スキーはこういうものだから、きっと僕を明るくマトモな男に快癒させてくれる力があるはずだ。この暑すぎるくらいの日差しの中で、みんなといっしょに爽やかな汗をかきながらタイムを競っていると、胸の中の暗く冷たい変態という塊が、だんだんと氷解していくのを感じる。それが溶けきったところで湯山さんにアタックするのは、ちょうどいい順序じゃないか。これも予定調和か。けれどズルズルと先延ばしにするつもりはない。チャンスがあればいつでもあのセリフを言うつもりだ。次にこれを書く時には、すでに約束を取り付けてはしゃいでいるといいけれど。がんばろう！

それではまた。

PM9:20　日野荘別館にて　湯山さんを待ちながら

さてさて、この日記もいよいよ佳境に入ってきたと思う。

何もかも予定通りだ。今僕はコンパの喧噪を一人逃れ、この別館に来ている。そう、きのうの日記にも出てきた、男女の密会に適した無人の別棟。そして期待に胸躍らせて、湯山さんが来るのを今や遅しと待ちわびている。

あれから湯山さんと何があったかって？　フッフッフッ、まあそう急かさずに。こういうオイシイ話はゆっくりと順序を追って書きたいものだ。美しい自然描写も交えて、しっかり盛り上げることは請け合うつもりだから……。

あれからも僕らはずっとポールを続けた。最終的に僕のタイムは二位になった。藤田には逆に引き離されたけれど、木之内を抜くことはできた。スキー部の活動の最後をこういう好成績で締めくくれて、気分は最高だった。そういえば浅野も、いつもよりずっとタイムを伸ばしていた、やっぱり他にいいことがあると、こうも調子が上がるものなのか。けれど藤田はイヤなことがあったはずなのに、トップをキープしたということは、やっぱり実力の差ということだろうか。それとも気分が腐って滑りがガサツになったことが、藤田には幸いしたのかも知れない。特にこの僕ら三人のことを言ったのかも知れないが、「みんな今頃になって調子上げてきやがって」と舛田は苦笑いしていた。

思えば学校の授業でスキーがあれば、僕の性格ももっと何とかなっていたかも知れない。僕は昔からスキー以外に得意なスポーツがなかった。特に球と相性が悪いのか、球技全般がとても苦手だった。そして悲しいかな、スキーの腕前はクラスメイトに披露する機会がないのだ。だいたい子供の性格や役どころは、他の授業より多く、体育の時間中に形成されるはずだから。しかしそんな暗い学校時代ももうすぐ終わる。これからは僕にとってどんどん明るい時代になっていくはずだ。そんな予感を感じていた。

スタート地点でもゴール付近でも、部員は和気あいあい溜まっていたので、湯山さんに例のセリフを言うことはまず不可能だった。あれを部員に聞かれたら、大センセイションを巻き起こすことは目に見えている。それは恥ずかしいし、それによって湯山さんの答が左右されるのはイヤだった。気分は上々だったので、こちらのコンディションとしては悪くなかったのだけれど、諦めるしかなかった。仕方がない、コンパの席まで持ち越しだ、そう思っていた。

しかしチャンスはやってきた。情けないことかも知れないけれど、女の湯山さんの方から作ってくれたのだ。

湯山さんは僕が降りて来るのをゴールで待っていた。そして訊いてきた。

「まだこれ滑りたい？」

僕は込み上げる期待に顔の筋肉が緩むのを必死で抑えながら答えた。

「いや別に」

「じゃあ頂上まで行かない？　あの、本当の山のてっぺんまで」

「本当の山のてっぺん」というのはこういうことだった。このスキー場はよくあるタイプで、一つの山の北斜面の裾野から頂上にかけて作られてあった。横には広くないけれど、縦にはけっこう長い。けれど厳密に言うと、スキー場のてっぺんは山のてっぺんではなかった。山の本当の頂上へ行くには、一番上のリフトを降りてから、スキーを外して足で15分くらい登らなければならなかった。景色がいいことと、まっさらの新雪が滑れることのために、ごくたまにそこまで行く人がいた。つまりそこは、誰にも邪魔されずに二人きりで、美しい眺望を楽しむことのできる、とてもロマンチックな場所なのだ。

僕がＯＫしたことは言うまでもない。

ただリフトの終了時間が迫っていたことが心配だった。ここからそこまでは三本のリフトを乗り継がなければならない。計算してみるとギリギリの時間だった。僕たちは急いでリフトに飛び乗った。

一本目の一人乗りリフトに乗っている間は、あまりに急な展開に戸惑って、ずっとソワソワして落ち着くことができなかった。まったく何がコンディションは上々だろうか。いざチャンスが訪れると、こんなに慌てふためいてしまう自分が情けない。とても今後の方策をじっくりと考えられる状態ではなかった。ただ子供のようにスキーを左右にブラブラ揺らすばかりだった。

二本目はペアリフトだった。僕たちは黙りがちだった。けれど気まずい沈黙のわけではなかった。というのは、僕もそうだったけれど、湯山さんも何か言いたい大切なことがあって、それを頂上まで取っておいている、みたいに見受けられたからだ。もちろん僕も、あのデートに誘うセリフは、ロマンチックの万全のお膳立てがされているはずの頂上まで取っておくつもりだった。だからリフトでは大した話はしなかった。次のリフトに間に合うだろうか、そんな話ばかりしていた。けれど本当に心配だった。リフト終了の五時まであと少しだった。けれどそこで運転が終了するわけではなかった。五時に乗り場を閉鎖するだけで、その前に乗ってしまえば、当然上に着くまでは動かしてくれるのだ。

二本目を降りた時はもう五時を少し過ぎていた。僕たちは猛ダッシュで三本目の乗り場に急いだ。切符切りのオジサンはすでに閉鎖用のロープを用意していた。けれど快く乗せてくれたのは、湯山さんが美人だったからだろうか。乗ってすぐに振り返ると、オジサンはロープを張っていて、僕たちが最後の客になったことが分かった。

今度はまた一人乗りだった。僕はさっき隣に座っていた湯山さんの、何か言いたげな様子を見て、かなりの勝算を感じていた。これはたぶん「いける」と。それで僕の心は一本目よりはずっと落ち着いてきて、今度はゆっくりと頂上での手筈を練ることができた。

まず頂上に着いたら、しばらくそこからの眺望を楽しむことにしよう。去年も一回そこに行ったけれど、泊まっている温泉街から向かいの山並みまで見渡せる、とても気持ちのいいところなのだ。それからタバコを一本喫おう。緊張がほぐれるし、何か話のキッカケになるかも知れない。湯山さんはけっしてカタブツではないから、それで嫌われるということはないだろう。そして、そう、リミットを決めておこう。絶対にタバコを雪で揉み消すより前に、例のセリフを言うんだ。僕は心の中で何度も暗誦した。

『ねえ、今度いつか僕の街に遊びに来ない？　案内するよ。ねえ、今度いつか僕の街に遊びに来ない？　案内するよ。ねえ、今度いつか僕の街に遊びに来ない？　案内するよ。ねえ、……』

何度も言っているうちに、だんだん意味が分からなくなってきた。けれどそれくらいでいいんだと思った。アポロ宇宙飛行士は、月面着陸のシミュレーションを実験室で何十回も繰り返すうちに、例えば指がボタンを押す順序を完全に覚えてしまって、感動と緊張が極みに達するはずの本番でも、さほど感動はしない代わりに、ミスもしなかったらしい。生き生きとした感受性も大切だろうけれど、そのために失敗したら何にもならない。僕だってあと数十分後の本番ではそれくらい緊張するだろうから、セリフの実感を殺してでも、自動的に口が動くくらい練習しておいた方がいい。なんといっても女の子を口説くなんて生まれて初めてのことなんだから、それは人類の月面着陸といっしょだ。

しかし、少し予定外のことが起きてしまった。リフトに乗っている途中から、あたりに霧が立ち籠めてきたのだ。頂上付近の天候はとても変わりやすい。モクモクと目に見えて霧は降りてきた。そしてリフトを降りた頃には、あたりはぶ厚い霧にすっかり覆われてしまっていた。四方・天地完全に視界を奪われて、見渡す限り、鈍い光の白一色。それに霧といっしょに、あたりの空気は急に冷え込んでいた。

僕の胸の中にも冷たい霧のような不安が立ち籠めてしまった。イメージと違う。これは悪い前触れか。気の弱い僕は、こんな些細なアクシデントでもうろたえてしまうのだ。あのセリフには、美しい風景を見ていたらふと思いついて言ってみた、そんなさりげないタイミングが欲しかった。寒い霧に閉じ込められた陰鬱な状況で言ったら、まるで別物になってしまう気がした。「いっしょに死んでくれ」みたいな気負った感じになってしまうんじゃないかと。……きっとオーバーだろうけれど、その時はそう感じてしまった。

「霧が出ちゃったね。残念」

と湯山さんが言ったので、僕は少し安心したけれど。湯山さんも頂上に、単に滑り心地のいい新雪だけじゃなくて、ロマンチックな時間を期待していたのだ。

それから僕たちはスキーを外して肩に担ぎ、黙々と登った。コースにシュプールの跡は10人分くらいしか付いてなかった。この登りはけっこう骨が折れる。きのうの夜の間に山頂付近には雪が降ったらしく、このモノ好きなことをやる人間は日に10人くらいしかいないことが分かった。10人分の足跡はぜんぜん踏み固められていないので、一足ごとにひざ近くまで雪に埋まり、ものすごく登りにくい。僕たちが黙りがちだったのは、山頂に話題を取っておいてあることもあったけれど、それより息が切れて話どころではなかったのだ。

途中で滑り降りてゆく一組の男女とすれ違った。二人の姿が霧に消え、雪を切る音が遠ざかると、あたりは再び静けさに包まれた。もうリフトも運転を停止したのかも知れない。あたり一面、完全な無色・無音で、不思議な浮遊感があった。前を行く湯山さんのウェアーのピンクと荒い息遣いだけが、白い沈黙の世界の中に浮き上がっていた。

途中で三回休憩して、ようやく僕たちは頂上に到着した、頂上には誰もいなかった。しばらく僕たちは無言で荒い呼吸を落ち着かせた。それからそれぞれ、スキーとストックを組み合わせた簡単なイスを作って座った。

相変わらず一面の白い霧だけれど、前より少し明るくなってきているのが分かった。風も出てきた。山頂の天候が変わりやすいのなら、霧は吹き払われて、またいい天気になるかも知れない。しばらくそんな話をしながら、目の前に大パノラマが広がるのを期待して待った。

……果して、それは少しずつ現れてきた。まずすぐ近くの針葉樹の、雪を載せた黒い梢が浮かび上がってきた。それからだんだんと遠くの木々も姿を現してきた。続いて、もう止まっているリフトの鉄塔、僕がトイレ覗きをやったロッジの赤い屋根、その近くにまだ残っている少しの人々……。そこからは意外と速かった。ものの一分くらいの間に、さっきまでの霧が嘘のようにきれいに吹き払われて、鮮やかな風景が目の前いっぱいに広がったのだ。

それは素晴らしい展望だった。このスキー場は北斜面にあるので、スキー場もその下にある温泉街も、すっぽりと山の青い影に呑み込まれていた。しかし温泉街のそのまた向こうにある、僕らに向かい合わせて聳《そび》え立つ高い山々には、太陽の最後の光輝が正面からぶつかっていた。その眩い輝きは、金色のようにもピンクのようにも見えた。雪に被われたいかつい山肌に夕日が当たると、それはそれ自身で発光するような、不思議な宝石の巨大な原石のように見えた。山肌にところどころできた陰は、溜息が出るほどきれいなコバルトブルーだった。そして空の高いところではすでに紫がかった夜空が始まっていて、一番星が瞬いていた。

リフトは全機止まっている。人の声もここまでは届かない。雪山には鳥も虫も鳴かないので、音は何もしない。世界がこの美しい風景画のままに凝固して、止まってしまったかのような錯覚――。僕たちはしばらく無言で、見事な色彩美にただただ見とれていた。僕は少しの間、デートの約束なんて下界に属する企みをすっかり忘れていた。

……けれどももちろん思い出した。予定通りポケットからタバコを取り出し、火を点けた。いよいよだ。少なくともこのタバコを揉み消す数分後までには、結果は出ている。もう後戻りは効かない。

やっぱりタバコの話になった。そしてこれは予想していなかった展開だったけれど、湯山さんもタバコを喫ってみたいと言った。僕は湯山さんにタバコを一本あげて、火を点けてやった。湯山さんは最初むせんだけれど、慣れてくると「けっこうオイシイわ」などと言った。予定外だったけれど、これはむしろいい展開だった。可愛らしい共犯めいた親しさが増して、あのセリフをスムーズに言えそうだ。それに湯山さんもタバコを喫ってみたくなるくらい、何かに緊張しているように見えた。つまりお互いが、きっと同じようなことを言うタイミングを見計らっているのだ。

さて、そろそろ言うとするか。と思うと心臓がドキドキと高鳴りだした。いかん、こんな状態では声が上ずってしまう。まずはこの高鳴りを静めるのが先決だ。気づかれないように深呼吸した。そんなことでちょっとモタモタしてしまった。

しばらくして、少しは動悸が収まってきた。もう大丈夫だろう。じゃあ言おう。ほとんどそこまで行っていたのだ。けれどほんの数秒遅れで、僕は湯山さんに先を越されてしまった。考えてみると最初の働きかけをしてくるのは、いつも湯山さんの方だ。

「あのね……」

と言って湯山さんはウェアーの内ポケットをまさぐり、水色の封筒を取り出した。

それを僕に手渡し、恥ずかしそうに言った。

「とりあえず……読んでくれない？」

僕は膨らむ期待に震える手を抑えて、中から便箋を取り出し、広げて読んだ。それはだいたいこんな内容のものだった。

『藤田　博　様
突然の手紙を許してください
ご迷惑だったでしょうか
けれど　私は今
どうしてもあなたに言っておきたいことがあるのです
とは言っても　私に今さら何が言えるのでしょうか
自分でも分からずに　こうして手紙を書き始めてしまいました
とりあえず　ごめんなさいと　謝るしかありません
私はあの時　あなたを無意味に傷つけたかも知れないからです
なぜなら　私は間違っていたのです

私は　つくづく自分が　バカな子供だったと思います
あなたはりっぱで　すばらしい人だと　今では思います
けれどあの時は　分からなかったのです
女の人にすぐ声をかける人だと　思っていたのです
久保さんと付き合っているとも　思いました
あの頃はまだそうではなかったと　あとで知りました
また　何でもうまくこなせる自分の才能を
鼻にかけているようにも　見えました
あなたはけっして　そういう人ではありませんでした
これもあとで知ったことです
過ぎたことを悔やんでも　しかたがないでしょう
ただ　あの時私があなたに言った　ひどい言葉を
訂正させてほしいのです
あなたは　私が今まで出会った中で
一番すてきな男性です

そのことを　ずっと伝えたかったのですが
久保さんという　すてきな恋人のいるあなたに
今さら言うのはおかしいと思い　言えませんでした
けれどもうこれが最後なので　言ってもいいし
また　言わなければならないとも　思ったのです
バカな私を　笑ってください
変な手紙で　失礼しました
それではお元気で　さようなら

湯山美江』

見ての通り、藤田へのラブレターの一種だった。（……そう、僕はここで白状しなければならない。僕はトリックを使っていた。今回この日記を楽しそうに書き出したのは、まったくの演技だ。これが推理小説だったら、こういう書き方は明らかなルール違反と責められるだろう。けれどこんな仕掛けでも使わなければ、今回とても書き出せなかった僕の気持ちも察して欲しい。これがなければこの日記は、今日の昼の分で唐突に終わっていただろう。このくだらないドンデンガエシを書く暗い喜びだけに燃えて、僕はここまで息も絶え絶え書いてきたのだ……。）

この時僕はすべてを諒解した。湯山さんにとっても、僕は例の「信頼のおける相談役」に過ぎなかったのだ。湯山さんが今回の合宿の初めから妙に僕に近づいてきたのも、みんなこの手紙のためだった。湯山さんと藤田を結ぶ橋渡し役ができるのは、どう考えても、藤田とけっこう親しい僕しかいなかったから。

けれどここで、僕の気持ちに何も気づかない湯山さんの、自分の恋しか見えないエゴを責めるわけにはいかない。なぜなら、僕のポーカーフェイスは完璧過ぎたからだ。失恋を警戒した僕は、今日になっても相変わらず、「文学カップル」を軽い冗談のまま維持しようとしていた。そして僕は、自分のナマナマしい感情を微塵も外に出さないことに、悲しいかな成功していた。だから僕らは依然として、育った環境が似ていたり、共通の趣味を持つ、友達・仲間のままだったのだ。「文学カップル」という冗談を続けることで、その確信はますます深まったのだろう。さらに僕が中性的であることも手伝って、湯山さんは僕をけっして「異性」として見ないことに、何の不自然も感じていなかったのだ。

　もちろん僕は今落ち込んでいる。とても楽しんで日記を付けられる心境ではない。けれど、何もしないのも辛いのだ。続きを書こう……。

　僕は向かいの山脈の輝きがあまりに眩しいのでサングラスをかけていた。これは本当に幸運だった。また最初に突きつけられた僕の失恋宣告が、読むのにある程度時間のかかる、その間は無言でも無表情でも構わない、手紙の形式で良かった。これが「実はあたし藤田くんのことが好きなの」というセリフだったらどうなっただろう。すぐに返さなければならないリアクションの選択で、僕はパニックになっていたかも知れない。

　と書きつつふと思う。いや、これは僕にとって不運だったのかも知れない、と。涙ぐんだ目を見られ返答に困り、揚げ句の果て叫び出した方が、よっぽどマシだったかも知れない。「そんな話聞きたくない！　僕は君が好きだった！」と青春ドラマのように叫んで、真一文字にスキーで滑り降りていった方が、どれだけ健全な反応と言えたかも知れない。

　けれど、どっちみち僕は、こういうのをナチュラルというのか芝居じみたというのか分からないけれど、そんな大きなリアクションのできる男ではなかったという気もする。仮定論は分からない、とにかくサングラスと手紙という偶然は重なってしまったのだ。僕の十八番のポーカーフェイスを使う道具だては揃っていたのだ。結果として、僕は耐えられたのだ……。

手紙を読み終えて、まず最初に発した僕の言葉は、今でも我ながらゾッとするほど異常なものだった。ニヤッと笑って冗談まじりに言ったのだ。

「これが湯山さんの詩かァ」

この状況でこのセリフが言える自分は、つくづく病人だと思う。しかも僕の演技は完璧で、湯山さんにはまったく見破られなかった。この才能は酷いと思う。よく童話にある通り、一つの小さな嘘はあと戻りが効かない。雪ダルマ式に加速をつけて巨大化してゆくしかない。この一言で、僕のその後の運命はすでに決まっていたと言えるだろう。

湯山さんは恥ずかしそうに苦笑いしてから言った。

「会田くんの意見が聞きたかったの。こんな手紙渡していいものか、いけないものか。でもその前に説明しないと……」

僕はそれを途中で遮った。湯山さんの口から直接詳しい話を聞くのが辛かったのだと思う。

「全部知ってるよ。一年の十二月の合宿のことでしょ」

「えっ、何で知ってるの⁉　誰にも言ってなかったのに。みのりちゃんにだって……」

「きのう藤田から聞いたから」

「藤田くんから？　どうして……」

「それはただの偶然なんだけど。だから事情はだいたい分かったよ。

藤田を単純な遊び人だと最初の頃は思ってて、いったんは断ったんだけど、そのあとそうじゃないことが分かって、今度は逆に好きになって、けれどその頃にはもう藤田は久保さんとくっついていたから、そのことは言えなくなった。だいたいそういうことでしょ」

「……その通りなの……。じゃあ訊きたいんだけど、こうゆう手紙を今頃渡すって、やっぱりおかしいことかな。よくないことかな」

ここが一つの分岐点だった。僕は瞬時にいろいろなことを考えた上で、こう答えた。

「ぜったい渡すべきだと思うね」

「でも、久保さんがいるのよ。なんだか性格が悪い女みたいで……」

「あのねえ」

僕はここで含み笑いの演技まで挿入した。

「湯山さんが今僕に相談を持ちかけたっていう、その選択は、ほとんど天才的な勘だと思うよ。これはまだ僕しか知らないことで、湯山さんにならいってもいいと思うんだけど……。

久保さんはもういないんだよ」

「え?」

「藤田と久保さんはきのう別れたんだよ」

「……そんなことって……」

それから僕はきのうの晩にあったことを、僕の覗き趣味のことは抜かして、詳しく話した。それを聞いている湯山さんは、終始「信じられない」という表情をしていた。きっと僕や他の人間が思っている以上に、湯山さんにとって二人は、鉄の絆で結び付いているように見えたのだろう。つまり湯山さんはこの手紙によって、藤田の恋人の座を久保さんから奪う気などまったくなかったのだと思う。藤田をすっかり諦めきっていたからこそ、僕との「文学カップル」の冗談にも興ずることができたのだ。

僕は藤田が言わなかったことまで言った。

「藤田は久保さんと付き合っていても、ずっと湯山さんのことが諦めきれなかったんだよ。だから二人はずっとうまくいってなかったわけで。今でも藤田は湯山さんのことが好きだと思うよ」

すると湯山さんの顔はみるみる紅潮して、とうとううつむいてしまった。手紙でもクールな態度を保とうとしていたけれど、やっぱり藤田のことがそうとう好きで、悩んでいたのだ。耳まで真っ赤にした、こんな愛らしい少女のような湯山さんを見るのは、悔しくて悔しくて堪らないけれど、これが初めてだった。

僕はこの時ふと、やっぱり僕と湯山さんは似ているんだなと思った。僕が周りからはあまりそう見られないけれど、十分に俗っぽい男の子であるように、湯山さんも十分に俗っぽい女の子なのだ。僕の日記と湯山さんの手紙は、その唐突に紛れ込んだ俗っぽい純情で似ているんじゃないか。その独特な配分を、僕は自分のこととして分かるような気がした。また、僕が変わり者に見えるのは、単に「変態」という単純な答えを隠しているからだと前に書いたけれど、実は湯山さんにも、「藤田」という意外に単純な答えがあったのだ。それが人には言えなかったから、湯山さんの恋愛観はナゾめいて見えたのだろう。こういうことを一番親しい友達にさえ打ち明けない妙な秘密癖も、僕たちは共通していた。

けれど僕らが似ているのは今日限りなのだろう、とも僕は思った。今こうしてクールな演技が破綻して、ひたすら赤面している湯山さんは、明らかに僕とは別世界に足を踏み入れていた。僕は誤解していた。似た者同士は結ばれるとは限らない。それどころか、しばしばすれ違うものなのではないだろうか。藤田も湯山さんを好きであることを考えると、むしろ男女は相手に、自分にないものを求めるものなのかも知れない。ポーカーフェイスを使う青ざめた病人たちの群れには、僕だけが一人残されたのだ……。

見ての通り僕は二人のキューピット役を、悲しいかな浅野の時に引き続き、買って出ていた。もちろん今度の新カップル成立は、僕にとって何よりも辛い。それをあえて推し進めるなんていうマゾヒスティックなことを、なぜ僕はしているのか。主な理由は、それがどのみち避けられない事態だと考えたからだと思う。僕としても、一瞬考えたのだ。二人の恋の道を妨害できないだろうか？　二人に嘘の情報を与えたりして。そんなシェークスピア劇に出てくる悪人のような激しい立ち回りが出来るとは思えないけれど、仮に万が一出来たとしよう。けれどそれで僕と湯山さんが結ばれることはあるだろうか。たぶん可能性は0パーセントだ。なんせ僕は男としてさえ見られてないのだから。なのに妨害だけにそんな莫大なエネルギーを使うなんて、空し過ぎることだ。では嘘は言わないにしても、僕がキューピット役を放棄して、あいまいに沈黙していたらどうなるだろう。それでも二人は早晩結ばれるだろう。僕が双方から聞いた告白は、あらかじめ作られた鍵と鍵穴のようにピッタリ符合したのだから、それらはどんな些細なキッカケでもドッキングするはずだった。そうなったアカツキには、当然お互いが僕に打ち明けた話にもなるだろう。そしてそこで、僕が情報を握り潰していたことが発覚するわけだ。そうなった時、僕は何になるだろう。悲しい失恋者か。こざかしい策士か。そんなものはイヤだ。僕には僕なりにある自尊心がそれを許さない。

結局僕には、キューピット以外に選択の余地がなかったのだ。僕は明るい表情を努めて言った。

「とにかくこの手紙は藤田に渡しておくよ。これは湯山さんの気持ちがよく伝わって、すごくいいと思う。それから、今日の夜にでも二人きりで会って、ゆっくり話をすればいいんじゃないの。その場所とか時間は僕が連絡係になって決めてあげるよ。それでいいでしょ」

湯山さんはあまりに急なことに戸惑っていたけれど、結局承諾した。それから、

「ありがとう、会田くん……」

と小声で言った時には、涙ぐんでいるようにさえ見えた。

気が付くと、夜がもうすぐそこまで迫っていた。空には星がかなり浮かんでいた。向かいの山脈のあの宝石のような輝きは、今ではいくつかの高い頂きに辛うじて残っているだけで、その下のほとんどは、吸い込まれそうな深い青の影に包まれていた。明かりを灯した温泉街にはすっかり夜が訪れていた。僕は手紙をポケットにしまい、立ち上がって言った。

「よし、帰ろう。急がないとマズいよ。こんなオメデタイ時に遭難なんかしたらバカみたいだからね」

それは本当だった。こういう山に囲まれた谷間は急速に夜に突入する。暗くなると雪の凹凸が見えなくなって、とても危険だった。僕たちは急いでイスを解体してスキーを履き、すぐにスタートした。

リフトも止まり人の誰もいないスキー場は、青い静けさに包まれていた。この時恐ろしい考えに囚われていた僕には、それはなおさら神秘的に感じられた。僕たちは全長五五〇〇メートルあるという最長滑走距離を、ほとんどノンストップで一気に駆け降りた。

＊　＊　＊

それにしても、僕があまりにもあっけなく恋のキューピットに変身できたことをいぶかしく思う人がいるかも知れない。選択肢はキューピットしかないと頭で理解できても、恋する気持ちはそんなに簡単に諦めて隠しきれるものなのか、と。そうなのだ。これにはウラがあった。あの時とっさに、僕ならではの、一つの力学が働いたのだ。思えばそれはあまりにとっさの発想だった。それがあったからこそ、ぼくはこんなにも速やかに「いいヤツ」になれたのだ。

さっき僕はトリックを使ったと謝った。けれどそれほど嘘を書いたわけではないのだ。今これを、コンパの席を抜け出して日野荘の別館で書いているのも事実だし、湯山さんが来るのを今か今かと待ちわびているのも事実だ。ただわざと書かなかったのは、湯山さんが一人で来るのではない、ということだけなのだ。湯山さんは藤田といっしょに来るのだ。そして二人は僕がここで待っていることを知らない。そんな約束はしていない。

……僕のヘタクソなトリックなんてすぐに見破る賢明な読者には、もうとっくにバレていた展開かも知れない。そうなのだ、僕は二人の初めての逢い引きを、いや、僕のおぞましい夢想をハッキリ書いてしまえば、二人の初めてのSEXを覗き見するつもりなのだ。

人はこれを「やっぱり」と言うだろうか。それとも「どうして、信じられない」と言うだろうか。人の評価は分からないけれど、とにかく僕は山頂で湯山さんの手紙を読んでいる時から、このことをすでに決意していたのだ。その心理的必然を人に納得させるのは、今は心がボロボロだからおっくうな仕事だけれど、文章上のルールだからしかたがない、簡単に書こう。

きっと僕は誰よりも過敏な「痛がり屋さん」なのだ。だからいつでも鎮痛剤を持ち歩いてた。それがトイレ覗きという「変態」なんだと思う。最低の人間、最大限のネガティブを目指すことは、僕にいつでも甘い安らぎを与えてくれた。それはきっと「女の子にモテない」という低俗な悩み、その鈍痛を和らげるものだったのだろう。そしてあの時はどうだったのか。僕は勝利を確信して、その目前で粉々に打ち砕かれた。それはとても普通では耐えきれない、強烈なモルヒネくらい必要な痛みだったのだ。だから僕は思わず、禁じられていた麻薬に手を出してしまったんじゃないか。

またこれは、薬の例えを続けるなら、カンフルや強壮剤の役割もした。僕は心にもないキューピットの役を、最後までボロを出さずに演じきらねばならなかった。これは僕にとって、ほとんどアクロバットに近い大事業だった。瀕死の病人である僕のどこに、そんな余力が残っていただろう。エネルギーは急遽、何かとてつもない源から供給されなければならない。それは覗きという「悪」しかなかった。そんなことはせずに、ただキューピットを演ずるだけという「善」は、例えればバランスの取れた通常の食事だろう。それは重病人の喉を通るものではないし、とてもアクロバットのための起爆力にはならなかった。かえって病身の我が身を嘆いて泣けてきたはずだ。僕は泣いてはいけないし、顔を引きつらせてもいけなかった。だから、いい人が陰で耐える寅さんやチャップリンのお涙頂戴は、ギラギラした邪悪なエネルギーに満ちたピカレスク・ロマンに書き換えなければならなかったのだ。『僕は二人を祝福してキューピットをやるんじゃない。二人が結ばれないと僕の大好きな覗きができないから、それだけのために躍起になって仲を取り持つんだ……』そう思わずにどうして、この一世一代の大演技を乗り切ることができただろう。

悪に後押しされたそれからの僕の行動は、自分でも驚くほど迅速だった。まず夕食前に藤田を呼び出して、湯山さんの手紙を渡した。藤田に読んでもらってから、湯山さんと個人的に会うことを勧めた。予想通り、藤田は真面目な顔で僕を見詰めて訊いてきた。

「会田は……湯山さんが好きなんじゃないのか?」

きのうの晩僕は藤田に、湯山さんのことを好きとも嫌いとも言ってないのだ。ここが最初の大きな関門だった。ここを突破できればあとは楽になる。

「え？　きのう言わなかったっけ？　僕らはただの友達だよ。だから湯山さんも僕に相談に来たわけだし。会ってやってよ。彼女悩んでいるみたいだから」

僕は笑いながら言ったのだけれど、それが引きつってなかったかどうかは自信がない。ただそれ以上藤田が追及してこなかったところを見ると、一応は成功したんじゃないかと思う。藤田は湯山さんに今晩会うことを承諾した。それから待ち合わせの場所と時間を決める段になり、僕はさりげなく言った。

「この日野荘の別館って知ってるでしょ。あそこなんかいいんじゃない？　まず誰も来ないだろうし。きのう散歩した時覗いてみたけど、鍵開いてたよ」

けれど疑われるような気がして、すぐに付け足した。

「でも外の店なんかの方がいいかな」

結局外の、僕たちが来る時に降りたバス停に決まった。そこは橋を渡った温泉街の中心にあって、宿から歩いて二分くらいかかった。そこからなら好きな店がすぐに選べるのだ。

今晩のスケジュールを考え合わせて、時間は九時ということになった。スケジュールとは次の通りだった。まず六時過ぎから大広間で夕食がある。そのあと続けて七時から、一年生による二年生の送別会がある。これが一時間くらいで終わるはずだから、たぶんコンパは八時あたりから始まることになる。コンパがひとしきり盛り上がった九時頃が、二人が抜け出すいいタイミングなのではないかと考えたのだ。

僕は次に急いで、湯山さんにこのことを伝えに行った。湯山さんが不安そうな顔をしているので、

「手紙の感想は聞かなかったけど、たぶん大丈夫だよ。きっとうまくいくって」

と励ましてやった。この言葉は心に偽りなく滑《なめ》らかに言えたと思う。僕はもうこの頃には、二人が親密になることを心底願っていた。なぜならかなり親密にならなければ、二人が外の店を出てから、さらに別館に寄るようなことはないと考えたからだ。悪のモルヒネとカンフル注射はしたたかに効いていたと言えるだろう。

そのあと夕食までの少しの時間に、大急ぎで別館の下見に行った。別館の様子などはあとで書くことにしよう。

スケジュールは予定通りに進んだ。

浅野の食欲は回復以上のものがあった。よく食い、よくしゃべった。幸せがダイレクトに表に出る男。きのうの晩、浅野とみのりちゃんは二時頃に部屋に帰ってきたこ

とが発覚して、その間どこで何をやっていたかという話題で持ち切りだった。

「何やったって、そんなことといいじゃねぇか。とってもいいことだよ、カッカッカッ……」

しらばっくれようとしても、途中から本気でノロけてしまうヤツ。当然僕は、そんな幸せの極みにある浅野を見るのは辛かった。前から浅野は僕の対極にいるような男だと思っていたけれど、恋の結果までこんな対極になってしまうとは。同じ「覗き」が結んだ縁なのに、この差は何だろう。それを考えると、一生恋なんてできっこない自分の性質に思い当たるしかなく、やっぱり寂しい気がした。けれどそんな時は努めて変態に気持ちを集中させた。こういう話が広まって、仲が良くなったペアが遅くまで帰らない風潮がもっとできればいい。そうすれば身持の堅そうな湯山さんも、なんとなく別館までついて来るかも知れないから。みんなじゃんじゃんSEXしてしまえばいいんだ。それを片っ端から僕が覗いてやる……。

まだ誰も藤田・久保・湯山の情勢の変化に気づいている者はいない。それは今日の昼間は全員でポールをやっていたから、藤田と久保さんが離れていても、誰も不審に思わなかったからだろう。そしてこういう食事の席でも、二人は離れているのが普通だった。久保さんは北高の女子部員のグループの中にいた。ちょっと不機嫌そうな表情だったけれど、それもいつものことだった。これが何か古典的な喜劇だったら、ここで僕と久保さんがくっついて、八方丸く収まって幕なんだけれど、そういうことは天地がひっくり返ってもありそうにない話だった。

藤田と湯山さんの間には、目配せし合うようなこともなく、まだ何のコンタクトもなかったようだった。ただ僕は時々湯山さんと目が合った。すると湯山さんは「緊張してるー」みたいな合図を送るので、僕はリラックスさせるおどけた表情をしたりした（涙）。

七時からの送別会はちょっとしたミモノで、本当は湯山さんと同じくらい緊張している僕には、ちょうどいい息抜きになった。この会は清和の一年が二年を送るというもので、僕たち北高はほとんど関係がなかった。けれどこの時だけ僕らを締め出すのもナンだと思ったのか、僕らはただのお客様として、ケーキと紅茶をいただきながら、ニヤニヤして見物することになった。

一年生が四、五人で一組になり、前に出てきて芸や替え歌や寸劇をやる。ネタはたいてい先輩たちのエピソードで、くだらない内輪受けばかりなのだけれど、それこそ僕の傷心を和ませてくれるものだった。特に最後に寸劇をやった五人のくだらなさは素晴らしいほどで、僕は救いさえ感じた。彼女らは要するに「湯山さんをお慕いしているグループ」だった。湯山先輩の愛を独占しようとドタバタのケンカをし、結局誰も報われなかったというだけの筋立て。自分の悲劇さえバカバカしい喜劇として客観的に見れる気がしたのだろうか。中で「言い寄る男どもに見向きもせず……」というくだりがあって、その時には思わず「バーカ」と思ってしまった。湯山さんはこう見えてもリッパな恋する乙女なのだ。

最後に一年全員でお別れの歌を感動的に歌った。中には泣いているコもいて、僕らにはこの心境は謎だった。たった一年間の付き合いで、来学期にはまた校舎で会うはずなのに。けれど僕も含め北高の男たちは、このめったに見られない女子校の不思議な生態を、シラケつつも一様に眩しそうに眺めていた。

そして会場はいよいよ、コンパをやる新館の男たちの部屋へと移った。これは清和にとっては希望者制だったけれど、二年生はほとんど来たようだった。清和の一年を呼ぶのは北高の一年に任せたけれど、まだお互いにテレが残っているようで、半分も集まらなかったようだった。

広い部屋がなかったので、会場は三カ所に分かれた。僕は藤田と湯山さんのいる部屋にはいない方がいいと考えて、一年ばかりの部屋に一人、二年としていた。この人どうしてここにいるんだろうと、きっとケゲンな目で見られていたけれど、どうせ元々変わり者と思われているので構わない。近くにいた僕より気弱そうな女の子を捕まえて、趣味や家族構成や将来の夢をしつこく訊き出し、すっかり彼女を脅えさせてしまった。そうやってひたすら時間が来るのを待った。

八時半が過ぎたので、僕は唐突に質問を切り上げ席を立った。そして自分の部屋に戻り、準備を始めた。あの別館はとても寒そうなので、できればスキーウェアーの上下を着て行きたい。けれどあのナイロン製品はカサカサ音が立つので覗きには向かない。だから僕はジャージ上下の内側にスキーセーターとスキータイツを着込み、靴下を二重にした。さらにお腹にホッカイロを入れた。そしてこのノートとペン、それに部屋に備え付けてあった懐中電灯だけを持って部屋を出た。

別館に行くには、まずいったん正面玄関のロビーに出る。さらにその奥に延びる廊下を進むと、唐突に作られた真新《しん》しいドアに突き当たる。そこを開けると、まだベニヤの匂いのプンプンする安普請《やすぶしん》な廊下が続いていた。別館は旧館と、その10メートルほどの渡り廊下で結ばれていただけなので、ほとんど独立した建物と言ってよかった。前にも書いた通り、出来たばかりの大宴会場だった。あるいは会社の研修や大学のスキー部の寝泊りなどにも貸すつもりなのかも知れない。六十畳くらいだろうか、かなり大きな和室が一つあるだけだった。奥の方には簡単なステージが設けられてあって、その上に麗々しくカラオケの機械が載っていた。畳の匂いが新鮮なガランとした空間で、もし僕の気分が良かったなら、思わずでんぐり返しをしていただろう。けれど気分がいいわけはないし、そんな時間もなかった。まずありえないことではあるけれど、もしかしたら二人はバス停からどこにも寄らず、直接ここに来るかも知れないから。僕は急いで、夕方にチェックしたことを再確認して回った。

まず何といっても、押し入れの上の天袋《てんぶくろ》が重要だった。なぜなら僕はここに籠って覗くつもりだったから。そこは夕方から変わらず空のままだったので、問題はなかった。次にそこの戸を細目に開けておいて、僕はいろいろなことを目算した。二人がどこに来れば、天袋にいる僕からはよく見え、二人からは僕がよく見えないだろうか。ポイントは天袋と座布団とストーブが作る三角形の形だった。

部屋の片隅には大量の座布団がうずたかく積み上げられていた。しかしそれはあまりに大量だったので、積みきれずに形は半ば崩れていた。この寒いガランとした畳の間に来たら、一〇〇人中九九人はこの座布団のあたりに来るはずだ。問題はこのだらしなく広がった裾野の、どの部分に座るかだ。けれど、あまりお誂《あつら》え向きに「どうぞここに座ってください」みたいなところを作っておくのは危険だった。僕は藤田にこの別館を、わざわざ最初に勧めた。そして来てみたら座布団の指定席があったのでは、いくら卑屈な変態行為に鈍そうな藤田でも疑うんじゃないか。かと言って、天袋から見えないところに座られても困る。さりげなく相手に悟られることなく、確実なポイントに誘致しなければならなかった。二人のちょっとした工夫と移動ですぐに特等席が出来上がる、そんな微妙な状態を作っておかなければならなかった。けれどこれが案外難しかった。僕は何度も座布団を崩しては積み、積んでは崩しを繰り返した。その真剣な眼差しは、ほとんど前衛彫刻家のそれだっただろう。あるいは罠を仕掛ける猟師みたいだな、とも思った。

座布団が納得のいく形になると、今度はストーブだった。このストーブが意外と重要なアイテムで、三つの役割があった。一つは、当然暖房として。ここは零下くらいに冷えこんでいるので、長居するつもりならきっとストーブを点けてみるだろう。けれど元栓は閉まっていた。元栓を開けるほどずうずうしいことはせずに、寒いからとすぐに帰られては困るので、あらかじめ開けておくことにした。また一つは、僕にとっての照明として。たぶん部屋の明かりは消したままだろうから、せめてこの赤いライトを点けてもらわないことには、天袋からは暗過ぎてよく見えないと思うのだ。だからストーブの位置、つまり照明を当てる角度が重要になってくる。あと一つは、何というか、ロマンチックな小道具として。僕はあまり窺い知らない世界だけれど、きっと恋する二人の緊張した心をほぐすのに、赤い炎は恰好の装置になるだろう。そう、僕は二人の話らいが聴きたかったわけじゃない。二人のSEXこそ見たかったのだ。だから座布団をセットした時も、「座る」というよりは「寝る」ことを想定していた。SEXするには気温的にも心理的にも、ストーブの果す役割は大きいと考えたのだ。このストーブも、さりげない位置に置くのに一苦労した。

そうこうするうちに、問題の九時を回った。僕は急いで天袋に潜り込むことにした。下の布団の入った押し入れを開け、その中段に足をかけて、とりあえずそこまで登った。けれど腕力のない僕には、そこからがけっこう大変だった。思いっきりジャンプしたのだけれど足りず、下にドスンと落ちてしまった。不得意な鉄棒の授業を思い出した。音を聴きつけて誰か飛んで来ないか心配だった。二回目の挑戦で、なんとか天袋の中に上半身を潜り込ませることに成功した。けれどその時足の脛を思いっきり柱にぶつけて、思わず叫び出したほど痛かった。天袋の奥まではいずって入ってから、しばらく声を立てずに呻いた。情けなさが文字通り骨身に染みてきて、笑っているうちに涙目になってきた。僕はこんなところで何をやってるんだろう……。

しかしいつまでも泣いてはいられない。二人が来るかも知れないからだ。それから方向転換をし、下の押し入れの戸を閉め、天袋の戸も五センチほど空けて閉めた。そこから二人が座る予定地を覗いてみると、それはまずまずの眺めと言えた。けれど欲を言えば、もうちょっと右手に来ればなお良かった。けれどまた登ることを考えると恐ろしくて、手直しに行くのは諦めた。

次に天袋の中をチェックした。懐中電灯で照らし、足をぶつけたりして音を立てるようなものがないか見回した。天袋の中はきれいに空だった。たぶん一回も使ってないのだろう、ベニヤの床の上にはまだ細かい木クズの粉がうっすらと載っていた。

それから始めた様々な準備活動は、トイレ覗きと同じような要領で、そこは昔とったキネヅカ、慣れたものなのだ。まず「覗く体勢」を決め、その体勢にいち早く音をたてずに移行できる、疲れない「待つ体勢」を決める。その際に気を付けるべき、今回の最大の焦点は、ここの恐ろしいほどの静寂だった。川のせせらぎが遠くに聴こえる以外、何一つ物音はしない。ここから二人の来る予定地まで五メートルもなかった。女の人がご丁寧に水を流してくれるトイレとはワケが違うのだ。ちょっとした衣擦れや咳払いの音でも命取りになる。また例えば、急にお腹が鳴るなどの不可抗力の音はどうしたらいいのだろう。それを考えると急に怖くなって、もう帰ってしまおうかと思ったほどだった。とにかく出来る限り音をたてない工夫をするしかなかった。

そんなチェックを一通り済ませてから、僕はこのノートを開き、懐中電灯の光でここまで書き進めてきたのだ。今時計の針は十二時半少し前を示している。なんと僕は三時間以上もこの天袋に潜んだまま、これを書いていたのだ。湯山さんたちはまだ来ない。なるべく待つ間のイライラする時間を持たせようと、いらないことまで長々と書いてきたけれど、とうとう現在まで書き及んで、書くネタが尽きてしまった。懐中電灯の電池もだいぶ弱くなってきている。

二人はこのまま来ないかも知れない。いや、来ないはずだと言った方がいいだろう。

ここに来るなんて、よほどの偶然が重ならない限りありえない話だ。僕はこの待ち伏せがまったくの徒労に終わることをほとんど覚悟しつつ、これを続けてきた。そして今やその覚悟は、確信にまで深まってきている。

二人がここに来るとすれば、どういう経緯が考えられるのか。まず外の店でお茶かお酒を飲んで、いい雰囲気になり、交際の約束を取り交わす。店が閉まって宿まで戻るのだけれど、お互いの街に帰ったらめったに会えなくなることを思い、ここで二人とも別れがたい気持ちが起こる。その時藤田がふと僕のセリフを思い出し、「別館でもうちょっと話さない？　あそこ入れるらしいから」などと言う。湯山さんは恥ずかしそうに頷く……。

あんまりありそうにない話だ。第一に、二人は付き合うと決まったわけではけっしてない。また付き合うにしても、別れた直後の久保さんの気持ちを気遣って、すこし冷却期間を置くかも知れない。一番ありそうなパターンは、玄関先で初めてのキスなどをして、「おやすみ」と言い合ってお互いの部屋に紳士的に戻る、といったあたりではないだろうか。女性に少しもガッつくところのない藤田の性格を考えても、いい育ちで貞操観念のしっかりしていそうな湯山さんの性格を考えても、それが一番自然な展開に思える。またこういう不安にも襲われる。藤田はもしかしたら僕の心をすべて読んでいて、ここで僕が待ち伏せしていることまで予想しているのかも知れない、そこまでいかないにしても、なんとなく会田はアヤシイくらいは感じていて、別館は意識的に敬遠するかも知れない。そんなわけで、ここに来るだけでもわずかな可能性なのに、ましてここでSEXをするなんて、そんな虫のいい話があるわけがない。

そこまで分かっていてこの天袋に籠り続ける、僕の動機とは何なのか。要するにただの執念なのだ。ひたすらの妄執だけが、この長すぎる時間を消化してくれるのだ。僕は今、とてもコンパの席で人と話なんてしていられる状態じゃない。どんなクダラナイことでも、すべてを忘れて打ち込めることしかやれそうにない。だからはっきり言ってしまえば、二人が来なくても見れなくても別に構わないのだ。ただこうしてここに数時間狂ったように籠り続けること自体が目的なのだ。二人のSEXが見られるパーセンテージは実際どれくらい、なんて合理的思考をしていたら、こんなバカバカしいことをやっていられるわけがない。

読者の中には、この文章が失恋した直後の男のものにしてはあまり暗くないことに、疑問を感じている人がいるかも知れない。トリックまで使ってドンデンガエシを用意したりして、けっこう余裕があるじゃないか。好きだった女が他人とするSEXを覗きたいという心理も分からないが、その準備活動を面白おかしく書こうとする態度はいったい何なんだ、と。確かに明るく振る舞おうと努力もしているけれど、その努力が実際に実るくらい、僕は軽薄に出来ているのだろう。そう、前にも書いたはずだけれど、僕は外見はシリアスだとしても、内面はひたすらミーハーに出来ているのだ。そしてそのことは当然、次の疑問に突き当たることになる。僕は本当に湯山さんを愛して、いや少なくとも、好きだったんだろうか？　僕は性的に変態でインポだけならまだしも、精神的にも恋愛にインポなんじゃないか？　もっと極端に言えば、僕には心や感情なんて本当の意味であるんだろうか？

ただ自分でも面白いのは、さっきから胃だけがキリキリと痛むことだった。時たま耐えられないくらいの痛みが走る。そういう時僕は顔を歪ませながらも、何か暖かいものを感じて、腹の底から笑いが込み上げてくる。胃だけが失恋の痛みを味わっている。僕の真心は胃だけに残っているようだ、そう思って。頭も心も、よく分からないけれど何か近代的な不感症で嘘つきな毒素に犯されきっている。その中で、体にだけ太古からの敏感な誠実さが残っている、そんな図式が頭に浮かんだ。僕は今後どんなことが自分の身に降りかかっても、最後まで気が狂うことだけはできないだろう、と今確信している。父親が一度罹《かか》ったから、僕は胃潰瘍のことはよく知っている。きっと頭は正常なまま、胃袋にだけ穴が開いてゆくのだ。たぶん根性の腐ったミーハーには、そういうくだらない末路しか残されていないのだ。

……言いたいことはほとんど書いてしまった。今時間は一時を回ったところ。どうしよう。いっそこのまま朝までここにいようか。

胃に穴が開いたかどうかは知らないけれど、少なくとも風邪はひいたらしい。ゾクゾク悪寒がする。肺炎になったって構わない心境だけれど、万が一、二人が来てしまった場合（今ではそれくらいの確率だと思っている）、くしゃみが出たらマズイ。この寒さはとてもホッカイロ一個じゃ足りない。

あー……何か書きたい。今ではこの日記は精神安定剤になっている。日記が切れると辛い。

……きっと僕はこの重たい時間が欲しくて、今ここにいるんだと思う。僕は幸福の重たい重たい時間を期待していた。その失われた質量を、まったく逆のもので埋め合わせようとしてるんだと思う。日記の構成を考えても、このまま何もしないんじゃぁ尻切れトンボだ。最後に重たいものが来なければ構成が狂う。いつしか僕はこの日記の完成のために行動するようになった気もする。

……もうコンパは終わったんだろうなあ。そして今ごろ二人は、もうお互いの部屋でスヤスヤ眠っているんだ。じゃあ一体ここでこうしている僕って何？（by三田誠広）

……書くことがない。

……いいや。しばらく日記の手は休めよう。ヒマだからこの日記を最初から読み直して、推敲でもしていようかな。
しかしこんなもん推敲してどうなるってゆうんだ……。
……それにしても胃が痛い……。

4月1日
AM11：00　頂上ロッジにて

湯山さん。

と、ここでこうしてあなたに呼びかける文体に急に変わった理由を、あなたは知っているでしょう。そうです、僕は今朝になって、このノートをあなたに差し上げることを思いついたのです。だから一番最初にあったあなたへの「献辞《けんじ》」は、今書き足したものなのです。

あなたはこんな忌まわしい文章を果してここまで読んできてくれたでしょうか？けれど途中で捨てたならここは読んでいないわけだし、ここを読んでいるなら途中で捨てなかったわけですから、どっちにしても僕はここで、読んでくれたという前提で話を進めるしかないわけですよね。

今日は偶然エイプリル・フールですが、残念ながらここに書かれてある呪わしい出来事はすべて事実です。「すいません」と、気の弱い僕は反射的に誰に対しても謝りたくなりますが、それはやめておきます。とにかくそれは「今さら」なことでしょうから。僕は開き直ることに決めました。僕は自分が悪人なのか病人なのかクズなのか、自分で自分のことを命名しようとは思いません。何という名前か分からないけれど、とにかく今のままの僕でい続けようと思っています。だから僕はあなたに対しても、安易な謝罪はやめようと思っています。

それにしてもどうして、僕は今朝になってこれをあなたに進呈する気になったのでしょう。自分でもよく分かりません。ただそれを決めた時、僕は例えようもないほどの爽やかな気分に包まれました。それはただの告白や懺悔のカタルシスなのでしょうか。ちょっと違う気がします。と言うのは、僕はきのうの夜からすでに十分に爽やかだったのですから。そう、あなたと藤田の秘密を見てから。

あなたたちはきのうの深夜一時四〇分ごろ、あの別館にやってきましたね。あなたにとっては残念なことかも知れませんが、僕は二時まであなたたちを待って来なかったら帰ろうと決めて、その時まだ天袋に潜んでいたのです。だから僕はあなたたちの一部始終を見て・聴いてしまいました。それについてはあなたが誰よりもよく知っているはずですから、今さらここに詳しく書く必要はないと思います。

一言で言えば、あなたたちはとても美しかったのです。

無意味な決まり文句ではなく本当に、僕はその美しさに感動して、とてもすがすがしい気持ちになりました。さっきまでの胃痛なんてアッという間に飛んで行ってしまうほどに。そして僕は、その気持ちをあなたに伝えずにはおれなくなったのだと思います。

僕はこの日記の中で何度か、自分にSEXが出来るかどうか問いただしてきました。その答がきのう出ました。僕にはやっぱりSEXなんて出来ません。あんなに美しいことなんて出来っこありません。僕は想像さえしていませんでした。SEXがあんなに峻厳《しゅんげん》なものだったとは。人間はあれほど真剣に、純粋になれるものなのですね。享楽や技術や打算ばかり書く雑誌の情報なんてみんなウソだったんだと今にして分かりました。

魂の腐り切ったミーハーの僕は完敗しました。それがあまりにも完璧な敗北だったので、嫉妬なんて入り込む余地はなくて、ただただ心底あなたたちを祝福したくなりました。確かに自分の未来には寂しいものを感じますが、それよりも諦念の清涼感の方が圧倒している、というのが今の僕の心境なのです。

僕はこのノートの前半のように、これ以上「描写」したいとは思いません。「愛は描写できない」クサいようですが、この重大なテーゼを僕はきのう知ったのです。ところで湯山さんはトーマス・マンの『トニオ・クレエゲル』を読んだでしょうか。もちろん僕があんな高尚なはずはなく、ただの低俗な変態に決まっているのですが、それでも僕は自分とトニオとの類似を考えてしまいます。というのは、ラストの諦念の清涼感という共通点もさることながら、僕にはもう一つ告白したいことがあるからです。

僕はきのう天袋から藤田の逞《たくま》しい背中を見下ろしていて気づきました。僕はあなたを今でも変わらず好きですが、実はもう一人好きな人がいたのです。そう、藤田です。僕はあなたたちを見ていてふと思いました。もし自分が女だったら、やっぱり僕も藤田を選んで、藤田に抱かれたいと思うだろうなと。だからあなたが藤田を選んだことに、僕は何か嬉しいシンパシーを感じました。これが例えば浅野や木之内だったら僕は嫉妬に狂っていたでしょうし、僕を選ばなかったことにも今では大賛成します。きのう山頂でコロッとキューピットに変身できたのにも、このことが関係していると思います。藤田だからこそすぐに諦めて譲れたのです。そして心のどこかで、そのあなたの選択に満足していたのです。僕はオナニー（ミもフタもないボキャブラリーですいません。でもそれも『今さら』ですよね）の時久保さんをよく想像したと前に書きましたが、あれも詳しく言えばこういうことなのです。僕は妄想の中で久保さんになって藤田に抱かれていたのです。だから僕はこれからは、夜な夜なあなたになるような気がします。いつまでこうなのか分かりませんが、今のところ僕の性は、こんなふうにグチャグチャの状態のようなのです。

本当に、大好きなあなたたち二人の幸せをいつまでも祈ってます。

僕はこのノートを今日の夕方、お互いの街の分岐点に当たる駅のホームであなたに渡すことにします。その時あなたに言うセリフを、僕はすでに決めてあるのです。

「これ、僕の書いた詩集なんだけど、湯山さん読みたいって言ってたでしょ。あげるよ」

一言言い訳を書かせてください。あなたの好きな「詩」をケガすために、こんなことを言うのではけっしてないのです。このノートはこんなクダラナイ・ケガラワシイものですが、それでも僕にとっては「詩」としか呼びようがないものなのです、なぜなら僕はこれを、自分のことがかなり正直に、正確に書けていると自負できるからです。もしこのノートが唾棄《だき》すべきものなら（当然そうでしょうけれど）、僕という人間全体もいっしょに唾棄されてもいいと考えています。これは僕そのものだと言えるものを、せめて本人だけは「詩」と呼んでもいいのではないでしょうか。そういうつもりで言うのです。

それでは終わりにします。最後に、こんな終わり方は平凡かも知れませんが、やっぱりこういう言葉で締めくくりたいと思います。

湯山美江さん、さようなら。

あとがき

10代後半の頃は小説家になりたいという淡い希望を抱いたこともありましたが、これを書いた27〜28歳の頃には、もうその夢はすっかり潰《つい》え去っていました。たいして熱心な読書家でもなかったから当然の結果といえるのですが……。あまり画家などになりたいと思わず美術大学に入り、しかし出る頃には消去法で「現代美術」というジャンル以外に自分を活かせる場はないだろうと思い定め、当時最も勢いのあった「レントゲン藝術研究所」というギャラリーで実質的なデビューを果たすことができた、1993年のことでした。

しかしそのあと美術家としてのキャリアアップに繋がるような展覧会参加のお誘いはなく、その年の後半は気分がクサっていました。作風は派手なので美術界における知名度はそれなりに上がったけれど、それは悪名が上がっただけの話で、誰も僕を呼びたがらない／良くて〝様子見〟をされる――今も基本的に変わらない、露悪趣味アーティストの宿命でした。

美術にあまり光明を見出せない中、無駄を承知の半ばヤケクソな気分で書き始めたのが、この小説でした。どうせ100部も作らないから世間様に届くわけもない、学生時代の友人が誘ってきた手作り同人誌への寄稿が目的。当時は古い雑居ビルに警備員として泊まり込むバイトをやっていたのですが、朝まで大学ノートにシコシコとこれを書いていた守衛室の、狭さ・陰気さ・黴臭《かび》さは今でも忘れられません。

今なら青春の残滓《ざんし》が少しはある、でもあと半年もしたら完全に消えて、青春は再現不能になってしまう――そんな予感に突き動かされて書きました。昔から絵も文も恐ろしく遅筆な僕としては珍しく、これを2ヶ月ちょっとで書き上げられたのは、そんな個人史に関する焦りが原因だったのでしょう。おそらく予感は当たり、これ以降僕は美術畑において、迷いなく狸オヤジの道を邁進《まいしん》し始めました。最後のセルフ憑《つ》き物落とし――理由はよく分かりませんが、小説だからこそできて、美術ではできなかった体験だったと思っています。

だからと言ってこれが、私小説や告白小説と呼ばれることにはかなりの抵抗を感じます。結果的に本業にした美術でもそうですが、僕は「わざわざ作品という人工物をイヤミったらしく作る」のが好きで、「心象のナチュラルな表出」といったものにあまり興味がありません。つまりは嘘《うそ》。嘘だからこそなるべく本物っぽく、写実的にしようとする——そういうシンプルな努力目標があることを好みます。いわゆる〝創作秘話〟に関して、あとは読者のご想像に任せたいと思います。

実はこの単行本が出た1996年の最後の校正以来、僕はこれを一行たりとも読み返していません。それは僕にとってあまりに精神的拷問ですから(過去の美術作品も恥ずかしいはずなのですが、スライドレクチャー等で頻繁に見返す必要があるせいか、そっちはもはや鈍感になっています)。文庫化にあたってさえ読み返さないなんて、プロの著述家として失格でしょうけれど、言うまでもなくプロではないのでお許しください。「プロでない、素人として書く」という気持ちは執筆当時から強く、それが主人公や登場人物の一部を実在の名前にした理由でした。もちろんそこには相応の個人的ヒネリがあるのですが……。

消極的トーンのあとがきになってしまいました。とはいえ、これを書いたことに悔いはないし、文庫化に諸手を挙げて喜んでいるのは事実です。執筆以来この出来の悪い問題児に尽力してくれた皆様には感謝の念に堪えません。特に今回は長い長い回想を書いてくれた松蔭くん、ありがとう！

２０１３年8月19日、瀬戸内海に浮かぶ小さな男木島《おぎしま》で滞在制作をしつつ

会田誠

回想『青春と変態』

松蔭浩之

西陽の差し込む学生寮風情の古びた下宿。六畳一間の古畳の上は、未開封の郵便物、煙草の空箱、必要なモノかゴミなのか判然としない書類やメモ、紙クズに雑誌、使い切ったかわからぬ絵具チューブに画材の類いが重なりひしめき合って足の踏み場も無い。まさに独り身の野郎の巣、一台の扇風機がカラカラと廻って、淀んだ部屋の熱気をかろうじて循環させている。その部屋の窓側に、サマーベッドというのか、その昔プールサイドや海水浴場で見かけた、スチールパイプにビニール製の折りたたみ式リクライニングチェアがでんと置かれていて、そこに軽くノビているような恰好で男が横たわっている。'94年、差し入れのロング缶のビール5本を入れたレジ袋にビッシリとまとわった露が、ポタポタと落ちていたことをよく覚えているから、初夏だったろう。立錐の余地もない部屋の入口で立ち往生しつつ、「こんちは」と声をかけ、温みはじめたビールの露を落とさぬように手を添えて差し出せば、「あっ、ハイハイハイ」と、慌てて飛び起き、サササッと入口あたりを両手で掃くようにして一人がどうにか座れるくらいの空間をこさえ、そこに客を招くかと思えば自らがそそくさと正座し、「どうぞ……あちらに……」とサマーベッドのほうを私に勧めるから、床のアレコレを踏まぬように要心しながらつま先立ちで歩み出し、まだ主《あるじ》の体温と汗の残ったビニール地の端っこに、静かに腰掛けた。果たしてこれが、本作の著者である会田誠の住処《すみか》を初めて訪れた際の記憶であり、忠実な記録である。

東京芸術大学の大学院を修了して間もなかった当時の会田は、芸大付近、文京区千駄木にあるこの下宿、「久保荘6号室」に潜伏し、警備のアルバイトなどをこなしながら淡々と制作を続けていた。いまや代表作と称される名作にして、美術の教科書にも掲載されている、『あぜ道』（'91年）に、なにかと問題視される怪作、『犬』（'89年）の一作目、さらには、私が最も驚愕を覚え、生涯畏敬《いけい》の念をもって讃えるスペクタクルな大作、『巨大フジ隊員VSキングギドラ』（'93年）もすでに完成しており、発表もされていたが、残念ながらこの時点では大きく注目を集めることはなかった。ちなみに私は、彼よりも時期早く、（同じ芸大でも随分格下の）大阪芸術大学を卒業する前の

'87年には画廊デビューをすませ、その作品がきっかけで、'90年には、アートのオリンピックともいえる、ベネチア・ビエンナーレに選出されるという大幸運に恵まれ、出展後さらに勢いづいて国内外から作品を依頼され、上京してからは展覧会以外にも、グラフィックデザインや空間デザインにカメラマンと、活動の幅を拡大して大忙しだった。そんな最中、まだ目新しかった、プロジェクトアートの手法を展開させ、美術誌を中心に話題を集めていた小沢剛と知り合い、たまたま同い年という共通項で、なにか面白いグループ活動が出来はしまいかと仲間に声をかけ、『昭和40年会』なる美術集団を立ち上げたのもこの時期。小沢がそこに連れてきたのが会田で、「東京芸大同期で、ものすごい変人だけど、ウマがあうと思うよ」と、会田の下宿の住所を渡されたのである(当時我々は20代後半。美術界に一石を投じるべく、ジャンルを越え、コンセプトを重視した新しいスタイルの美術を画策し、世界を革新しようとやっきになっていた。というと大袈裟だが、そういったムーブメントというか、うねりのような潮流の中にいること、もとい、それ自体を生み出すことこそが、アート、〝現代美術〟である、という確信のもとに活動していた)。

話を「久保荘6号室」での対酌《たいしゃく》に戻そう。北九州は小倉の出身で、羽振り良くC調で前乗りな私に対し、家主である会田は、北陸（新潟）出身ならではの（？）朴訥《ぼくとつ》な口調で、妙に潤んだ眼でハニカミながら淡々とではあるが、実に明晰な言葉選びで、あれやこれやを受け答えた。風貌についても触れておく。これほどまでにくたびれきったTシャツを着た人はいままでに見たことがない。下は絵具まみれのジャージ、それも前時代的なパンタロンタイプ、実に怪しげだった。顔立ちはしっかりしており（太宰治に似ていると誤認した、だがこの顔ゆえに〝許される〟というか、得をしてきたのだと初見で理解した）、子供の頃にテレビで観た男前俳優の誰かに似て（本人は山崎努だという）、どちらかといえば美形なのだが、歯並びは悪い。その不揃いの前歯をチュウと鳴らす感じでビールを舐め、床に散乱したアレコレの中から、宝探しのように器用に、作品を引っ張り出しては解説を呈す（『あぜ道』すら、そこから掘り出したのだ！）。そのうち、自作のファイルだと、B5判の横型のスクラップブックを差し出した。すでに発表した彼の作品を撮影した写真が、一頁に一枚ずつ丁寧に貼られてある、実に簡素な、されどはっきりとした意思を感じさせるものだった。特筆すべきは、前記した作品を含め、20点ほどの絵画にオブジェのようなものが掲載されてあるのだが、どれも画風がバラバラで、ひとつとして同じ技法や画材、モチーフやテーマを扱った作品がないことであった。油絵にアクリル画、日本画、漫画やアニメのようなタッチもあれば、ノートの隅の落書きみたいなものまでのすべてが、同一人物によって描かれたものとは通常では信じがたい。されど、それらはすべて確実に、会田誠の手によるものであり、ユニークでアイロニカルな視点で繋がっているのである。「同じモノを描かない」ことで、なんでも描くことが自在であることを宣誓する態度の強度。海外ではすでに当たり前だった、シミュレーションアートの方法論を大胆に取り入れつつ、美術史に対しての見識と自己解釈を基軸に、美少女、エログロ、ナンセンス、社会的には禁断のコンテンツを果敢に扱い、センセーショナルかつ格調高い偶像に昇華させるその手腕。実直そうで朴訥な好青年に見えて、実は、「この男、確信犯につき」という警戒を持ってかからねばならない、希有なバランス感覚と知性に支えられている画家であることを思い知るのである。ファイルの各頁の裏には、これまたご丁寧に自らの〝解説〟が施されてあり、実に饒舌《じょうぜつ》で、皮肉めいてもいて痛快で、文章のほうも巧みな人なのだと感心した。それが頼りになったか、近代文学の話になり、お互い往々にして文学からの影響が強いなどと、思わぬ共通点を得て盛り上がり、「オレは実は漱石なんだけど、きみは？」という私の問いかけに、「う〜ん、小林秀雄かなあ」なんて返され、ちょっと困ったことを忘れない。創作のよりどころを何度も〝ルサンチマン〟だと会田は語った。私は彼を、実にチャーミングなニヒリストだと思った。

さて、それ以外になにを話しただろう。夜も更けてビールも切れ、さあそれでは帰ろうという段になって、

「これ、僕の書いた小説なんだけど、よかったら読んでもらえるかな」

Ａ４のコピー用紙をホチキスで留めた束を手渡された。それこそが、本作、『青春と変態』の、自作コピー本であった。

……'93年の9月から11月にかけて執筆した、三二〇枚の中編小説。同年の12月に東京芸術大学の仲間で五〇部だけ発行した同人誌、「中州」に掲載されたのち、いくつかのコピー本を自ら流布……実際この時期に大失恋をして、それが起爆剤になったとも言った。あんなヨレヨレのＴシャツを着た男の交際相手とはどんな女だったのだろう、と思いを巡らせるも想像が追いつかぬまま、軽い酔いとともに根津の自宅まで徒歩十数分で直帰し、仕事部屋の机にコピー本を置き、表紙にワープロの明朝体でタテ

書きされた、『青春と変態』というタイトルをじっとにらみつけ、軽くため息をひとつ。なんと素晴らしいタイトルだろう。いや、むしろ憎たらしい……思いついたもんやなあ、青春に続けて変態とは……こりゃあ、ちょっとした発明じゃないか……『戦争と平和』か、『赤と黒』か。まさか、『清兵衛と瓢簞』ではあるまい……きっと純愛漫画、『愛と誠』の影響大（正解。後日、本人に確認済）だろう。スキー合宿が舞台とも言った。知世ちゃん主演の映画、『私をスキーに連れてって』みたいな？　しかし、どう変態がからむというのか……酔いがまわるとなにごとも明日にまわしがちな私だったが、この日ばかりはどうしても我慢ならず、大いなる好奇心とともに頁をめくりはじめた。

——高校生の会田くんが、スキー合宿で綴る日記。それは、彼の人にはいえない趣味「女子トイレ覗き」の様子を綴ったものだった！　実況感覚あふれるリアルな放尿描写・性器描写（中略）……主人公の独白で繰り広げられる変態論、芸術論、ロリータ論も独特で秀逸。まさに読む会田作品。この一冊を読まずして会田誠は語れない！——

あらすじを書きだす代わりに、'08年に発行された、新装版『青春と変態』の売り口上をそのまま記載した。異論はない、その通りである。足りない文言を補足するなら――笑いと感動と、そしてやっぱり涙の本格小説。絵描きが書いたからってナメてかかるとケガをする！――だろう……青春小説を主軸にしながら、サスペンスやミステリーのような展開を持ち、近代文学や純文学からの国産正統派の臭いを漂わせ、エピキュリアン、個人主義、背徳、ヒロイズムに男色と、外国文学の得意とする要因が巧みに絡み合う。スキー滑ってスポーツ力学書にも転じるが、現代っ子ならではギャグはスベらない。果ては、ピカレスク小説たらしめんとする力技に挑むも、やはり青春に席を譲る潔さ。小手先だけではない、本格小説の手応えを持つ、豪華絢爛《けんらん》なる読物作品の登場である……知人が書いたからとかおかまいなしに、端的に面白い小説だ。ぐいぐいと引き込まれ、まんまと没頭するまま数時間、息つく間もなく読了したとたん、はからずも、涙があふれた。

主人公・会田くんへの感情移入、それとも青春の苦さに酔ったか、はたまたその顛末に神を呪ったか。いやそれ以上に、同じ表現者として、その完成度と輝きには完敗を認めざるをえなかった。さよう、作品の結末の奏でる不可思議な清涼感と、こんな仕事は自分にはとうてい無理だという、圧倒的な敗北感に、私は泣いたのである。とんでもないものを読んでしまった。いや、とんでもない作品を知ってしまった。スタイルバラバラの彼の画業のラインに、この作品はありつつ、しかも完璧に小説なのであるから降参だ。さあどうする。私は執拗にツメを嚙み、頭を掻き、部屋をうろつき、動揺を抑えるべく一服したが、騒ぎ出した胸はどうにも静まらない。とにもかくにも、もう一度読むしか手はないと判断し、今度はゆっくりと、一行一行を嚙み締めるように読み返した。煙草をふかしながら、感嘆符を唸りながら、深呼吸しながら……果たして、ある結論というか、ひとつのアイデアを思いつき、動揺が興奮に変わりはじめた頃には、もう夜が明けていた。そのまま会田に電話しようとも思ったが、まだ知り合って間もないのだから遠慮するべし、ちょっと冷静になるべしとコップ酒をあおり、一旦仮眠をとってから、昼を過ぎたあたりに連絡した（思えば当時はまだ、携帯電話もメールもなかった）。

「会田くん？　昨日はどうも。早速小説、読んだよ。大きく感銘を受けたよ、いやあスゴイ。いやぁマイったよ！　でね、コピー本だけど、オレ以外には誰に渡した？　評論家のSさんとか、学芸員のHさんにKさん、編集者のKさんとか？　そのうちの誰か、なんか反応とか、動き出した人いたりする？」

「いや……渡したけど、いないねえ、まだ、動き出した人は、誰も」

「そうか！　それならオレが動くってのは、どう⁉」

「……あ～　それはどうも、ありがたいけれど……」

「だったら早速だけど、オレが連載している雑誌できみを紹介したいのだけど、イイ？　そこで、出版社を公募してみるってどうかなと思ってね」

実際はもっと慌てた口調で、とりとめがない感じだったはずである。が、まずは作者の承諾を得て、ホッとした。なんとしてでも、『青春と変態』を単行本にする。同じ現代美術の作家同士でありながら、この一件に関しては、会田を主とし、自分は徹底して影として立ち回ろうという作戦のステップ1を実施。この思いつきには、前例というか手本というか、文学界における、とあるエピソードがあった。太宰治の処女小説集、『晩年』上梓に際し、東大の学友であり、若き文士仲間だった檀一雄が、自分のことのように奔走したという美談。天然の旅情の赴くまま、食を愛し、酒を愛し、人を愛し、何より自分をまっとうしようと躍起になった、人間・檀一雄のように、私も畏友《いゆう》のために突っ走ってみたら愉快ではないかと考えた。会田を、〝平成の太宰〟に見立てて、自分は敬愛する檀さんの役を演じきれたならそれでよい。そんな、変わったミーハー根性にも後押しされ、自分に勝手に課したこのミッションは、きっとうまくいくと信じて、休まず次のステップに進んだ。

当時の私は、いくつかの雑誌で、エッセイなど執筆の仕事を抱えていた。その中で、「H」という、ロッキング・オン社が発刊したサブカル雑誌に、コラム連載が始まったばかりで、その二回目だったか、8月号に、異例のページジャックという形で、会田自身に、作品数点とともに自己紹介的な文章を書いてもらい、その中に、「小説も書いているから、出版社を募集しています」という呼びかけを仕掛けてみたのである。そして待つ。どれくらい待ったか覚えがないが、待ったつもりはない程度、つまりほとんど待たずに、とある出版社から連絡があった。

奇しくもそれは、我々が暮らしている文京区、私の住むマンションのほとんど目と鼻の先にある、小さな出版社だった。その名も、〝ABC出版〟。冗談にしても安直に過ぎる社名をいぶかしがり首をかしげたが、善は急げだ、まずは会田と松蔭そろってお会いしましょうと話をつけた。さて、どこで会ったか、私の部屋でも、ましてやカオス空間の久保荘でもなかったはずだ。きっと根津の駅前の喫茶店だったたか、代表の荒井倫太郎という、我々よりもちょっと若い男が、綺麗な大人びた顔の恋人を同伴し、四人での初会談。聞けば、亡くなった父親の経営していた出版社を継いで、細々とだが、趣味のスプラッターホラー系の書籍などを出しているという。誌面で、会田の作品に感銘を受けたから、ウチで良ければ力を貸したい、というような話になった。私としては、この企ての主旨は、なんとしても会田のコピー本を、「固い表紙の単行本」にすることだった。さらに欲を言うならば、大手の出版社から鳴り物入りの宣伝付きで、大々的に売り出されるさまを夢想したりもした。会田本人はどうだったろう。講◯社とか、新◯社とか、文学クンならではの、夢やら欲やらがあって当然で、返答先送りで様子をみることも出来たはずなのだが、なぜだかもうその日のうちに、全員一致の即答快諾で解散したように思う。それからは不定期で会合を重ね、まずは本文の推敲を私のテニス仲間でコピーライターの友人に頼んだり、表紙のデザインプランを考えたり、なんやかやとやったハズだが、これも細かく思い出せない。さらには不思議なことに、自分の記憶では、出版社が決まって間もなく、ある意味トントン拍子で発行された、と思っていたのに、完成品の奥付を見直せば、「1996年7月30日 発行」と記されている。なぜゆえ、二年もの歳月を要したのか覚えがない。会田に聞いてみても、私以上に過去を記憶しない理由を、「絶壁頭だから」と力説し、「はて？」と、後ろ頭を掻いては苦笑うのみ。契約に難があったとか、荒井くんが資金繰りで苦心したという記憶もない。強いて言うならば、表紙のデザインにおいて、四苦八苦した記憶だけは鮮明だが、まさかそれで発売を遅らせたなぞ、そんな本末転倒が許されたはずもない。

一等最初のデザインプランは、「便所の壁の落書き」というもので、会田がベニア板に白いタイルを貼り合わせたものをこさえて、地方のヤンキーテイストの落書きを施し、中央辺りに小沢剛が味わい深い手描きの文字で、〝青春と変態〟と描いたものを準備したのだが、悪くはないがビジュアルとして弱い、という私の判断で却下（会田の未発表の作品としてギャラリーの倉庫に眠る、文字通りお蔵入りの逸品となっている）。それからいくつかのアイデアを経て落ち着いた最終決定案、「黄色いカバー」は、私が恵比寿のクラブ、「みるく」の空間デザインを担当した際に、会田に描いてもらった内装画のひとつ、俗称「おちんちんのある女子高生」を起用したものだ。会田の希望で、タイトルにコンピュータ特有のエンボス加工を施したり、私のこだわりで表紙に雪の結晶の図案をちりばめたり、見返しにはこれまた、「みるく」の地下室に会田が一週間籠って書き残した力作、「ピンクの小腸」の一部を、濃い桃色の紙にスミ一色で印刷した。扉のドローイング、「ぜんよーたい」にいたっては、入稿前日に飛び込みで、会田が是非ともと私の事務所に持参してきたものを慌ててスキャンしてサシ込んだ（この画のみが新装版にも残されている）。帯には大きく「ウンコの固いキミに初恋♡」と、太い丸ゴシック体のフォントをフクロ文字にしてドンと載せた。これは、「どうせ大手みたいにドカンと売れるワケがない＝インディー気分でやりたいようにやりましょう」という意思の現れだったか。その上に小さく一行、「青春小説と変態小説は今ひとつになる」、さらに下にもう一行、「ノゾキストの実態！　本職・画家が激写する〝読む〟ハイパーリアリズム」とは実に90年代的なキャッチフレーズの羅列、これは出版社社長、荒井くんの商魂《しょうこん》の芽生えだったか。この帯を腰巻きのように表紙に掛けることで、カバー表1の女子高生のおちんちんは隠されるという仕掛け。なんにしても、書店でレジに差し出すのに勇気を要するものになった。帯裏には、会田が考えた、「本書の成分表」と題して……赤面 24・3％／スカトロ 8・

3％／吐き気20・8％／スキー5・5％／純愛15・4％／涙2・1％／犯罪性12・5％／思想0・1％／お笑い11・0％／反省0％……とまとめ、「内容サンプル」として本文から、「久保さんのスキーパンツをずり下し……」のくだりの抜粋を。私としては、その帯の背に、「青春小説　変態小説」と並記したところが随一の自慢。

続いてカバー裏の著者近影も私が撮影、ズバリ太宰を狙った。私の事務所の片隅、剛毛ボサボサの会田の髪に整髪料を塗り、手グシで七三分けにスタイリングを施し、私のシャツを着せ、太宰のお決まりの頬杖ポーズをとらせてシャッターをきった。会田の希望と松蔭のアイデアをそのまま整理することなくすべて採用したため、てんこ盛り折衷《せっちゅう》感満載で、まとまりのない奇妙な代物になってしまったように思える。また、本文最後の頁は最後の一行のみにしなければならないのに、ひとつ前の行がはみ出しているという大きなミスを見逃してしまったことも、深く責任を感じている（これは新装版ではキチンとなおっている）。

果たして、'96年夏、単行本、『青春と変態』は、めでたく産声をあげたわけだが、一般書店に出荷される前に、ささやかなる出版祝いを行った。会田の個展、銀座は「ギャラリーなつか」における『戦争画 RETURNS』でのオープニングレセプションにかこつけた形、画廊入口の棚に、完成したばかりの単行本をタテ置きにして、手描きの小さなPOPを添えて、ほんの十数人ほど集まった関係者とお客さんで、静かに缶ビールで乾杯したことも、思い出のひとつである。

本作の執筆から、ちょうど20年の時が過ぎた今、作者である会田誠本人は、その画業で快進撃を繰り返し、今ではテレビでも知られてひっぱりだこの、美術界の寵児に成長した。いっぽう、『青春と変態』は、なにがしかの文学賞を獲得することもなく、ベストセラーになることもないままではあったが、同人誌からコピー本、初回（ハードカバー）単行本から、新装版（ソフトカバー）単行本を経て、いよいよ文庫本となる機会を得た（なんと、太宰治や檀一雄の担当編集者だった、野原一夫さんの勤務していた筑摩書房からの刊行である！）。その解説の大役をいただき、またしても本作に関わることのありがたさを噛み締めながら、かなりひさびさに読み返してみた。むろんもう涙は出ない。ここにはすでに、会田哲学、セオリー……善悪、聖と俗の逆説、執拗なまでの観察力と巧みな描写技法、微細な色の氾濫、光と闇のコントラストなど、天性の画家ならではの表現が、完成されていたのだと、あらためて感心した。『青春と変態』とは、確信犯の犯行声明ならぬ、美術家・会田誠の、その後の制作のプロットであり、予告であったのだと考えずにおれない。

最後の最後に余談をもうひとつ。'91年ではなく、2010年代であれば、会田くんは大学ノートではなく、スマートフォンで日記を書いただろうか。喫煙休憩と称しては、煙草よりも先にiPhoneを手にとり、果敢にツイッターに没頭するここ数年の会田誠の姿に、スキー場で大学ノートをやたらと引っ張り出してはこまめに書き込んでいる会田くんを見たかのような錯覚を覚えた。

「合宿の最中に、こうもマメで周到な記述に執着することが本当に可能なのか？」

といった疑念は、不要である。

2013年7月31日

PM16：00 市ヶ谷の自宅にて　モーツアルト交響曲 第40番 ト短調 K．550を聴きながら

（まつかげ・ひろゆき　現代美術家）

本作品は一九九三年九月から一一月に執筆され、一九九三年一二月
同人誌『中州』に掲載されました。
一九九六年七月ABC出版より書籍として刊行、さらに二〇〇八年
九月には新装版として刊行されました。

JASRAC 出 1310528-301

マジメとフマジメの間　岡本喜八

過酷な戦争体験を喜劇的な視点で捉えた岡本喜八。創作の原点である戦争と映画への思いを軽妙な筆致で描いたエッセイ集。巻末インタビュー＝庵野秀明

増補 遅読のすすめ　山村修

読書は速度か？　分量か？　ゆっくりでなければ得られない「効能」が読書にはある。名書評家「狐」による読書術。単行本未収録書評を増補。（佐久間文子）

〈狐〉が選んだ入門書　山村修

〈狐〉のペンネームで知られた著者が、言葉・古典文芸・歴史・思想史・美術の各分野から五点ずつ選び、意外性に満ちた世界を解き明かす。（加藤弘一）

ねにもつタイプ　岸本佐知子

何となく気になることにこだわる、ねにもつ。思索、奇想、妄想とはばたく脳内ワールドをリズミカルな名文でつづるショートショート。

私説東京繁昌記　小林信彦　荒木経惟・写真

日本橋に生まれ育った著者が、東京オリンピックを境に急激に変貌を遂げた東京を、写真家・荒木経惟氏と歩き綴った極私的東京史。（吉本隆明）

遠い朝の本たち　須賀敦子

一人の少女が成長する過程で出会い、愛しんだ文学作品の数々を、記憶に深く残る人びとの想い出とともに描くエッセイ。（末盛千枝子）

昨日・今日・明日　曽我部恵一

「サニーデイ・サービス」などで活躍するミュージシャンの代表的エッセイ集。日常、旅、音楽等が爽やかな文体で綴られる。松本隆氏推薦。

つげ義春を旅する　高野慎三

山深い秘湯、ワラ葺き屋根の宿場街、路面電車の走る街……、つげが好んで作品の舞台とした土地を訪ねて見つけた、つげ義春・桃源郷！

つげ義春1968　高野慎三

つげ義春の代表作「ねじ式」。'68年という時代にどのようにして、創作されたのか。つげをめぐる人々と状況をいきいきと描く。（山根貞男）

ニッポンの小説　高橋源一郎

わかりやすく文学の根源的質問に答える。「言葉とは？」「日本近代文学とは？」いま明らかにされる文学百年の秘密。（川上弘美）

新版 熱い読書 冷たい読書　辻原登

古典、小説、ミステリー、句集、学術書……。文字ある限り、何ものにも妨げられず貪欲に読み込み、現出する博覧強記・変幻自在の小宇宙。（刈谷政則）

「読み」の整理学　外山滋比古

読み方には、既知を読むアルファ（おかゆ）読みと、未知を読むベータ（スルメ）読みがある。リーディングの新しい地平を開く目からウロコの一冊。

東京酒場漂流記　なぎら健壱

異色のフォーク・シンガーが達意の文章で綴るおかしくも哀しい酒場めぐり。薄暮の酒場に集う人々との無言の会話、酒、肴。（高田文夫）

日本フォーク私的大全　なぎら健壱

熱い時代だった。新しい歌が生まれようとしていた。日本のフォーク――その現場に飛び込んだ著者ならではの克明で実感的な記録。（黒沢進）

東京の江戸を遊ぶ　なぎら健壱

江戸の残り香消えゆくばかりの現代・東京。異才なぎら健壱が、千社札貼り、猪牙舟、町めぐり等々、江戸の「遊び」に挑む！（いとうせいこう）

東京路地裏暮景色　なぎら健壱

東京の街を歩き酒場の扉を開けば、あの頃の記憶と夢が蘇り、今の風景と交錯する。新宿、深川、銀座、浅草……文と写真で綴る私的東京町歩き。

新・批評の事情　永江朗

格差、ゼロ年代等をキーワードに、現在の社会、文化を語る論客40人を批評。文庫では湯浅誠、雨宮処凛、宇野常寛ら7人について書き下ろした。

たましいの場所　早川義夫

「恋をしていいのだ。今を歌っていくのだ」。心を揺るがす本質的な言葉。文庫用に最終章を追加。帯文＝宮藤官九郎　オマージュエッセイ＝七尾旅人

USAカニバケツ　町山智浩

大人気コラムニストが贈る怒濤のコラム集！　スポーツ、TV、映画、ゴシップ、犯罪……。知られざるアメリカのB面を暴き出す。（デーモン閣下）

底抜け合衆国　町山智浩

疑惑の大統領選、9・11、イラク戦争……2000―04年に発表されたコラムを集める。住んでみて初めてわかったアメリカの真実。（内田樹）

いやげ物　みうらじゅん
水で濡らすと裸が現われる湯呑み。着ると恥ずかしい地名入Tシャツ。かわいいが変な人形。抱腹絶倒土産物、全カラー。（いとうせいこう）

カスハガの世界　みうらじゅん
ぶわっはっは！　見れば見るほどおかしい！　でももらっても困るカスのような絵ハガキ。そのめくるめく世界を漫画で紹介。文庫版特別頁あり。

ブロンソンなら　こう言うね　ブロンソンズ（田口トモロヲ＋みうらじゅん）
人気の著者二人が尊敬する男気のある俳優、チャールズ・ブロンソンならきっとこう言うね！とお互いの悩みに答えあう爆笑人生相談。特別増補版。

ムカエマの世界　みうらじゅん
勝手な願いばかり書かれた「ムカつく」絵馬＝「ムカエマ」を元にした抱腹絶倒の漫画と、「コレ、限界デス！」と、著者が限界に挑んだエッセイ。

みみずく偏書記　由良君美
才気煥発で博識、愛書家で古今東西の書物に通じた著者が、書狼に徹し書物を漁りながら、読書の醍醐味を多面的に物語る。（富山太佳夫）

みみずく古本市　由良君美
博覧強記で鋭敏な感性を持つ著者が古本市に並べるのは時を経てさらに評価を高めた逸品ぞろい。新刊書に飽き足らない読者への読書案内。（阿部公彦）

パンツの面目　ふんどしの沽券　米原万里
キリストの下着はパンツか腰巻か？　幼い日にめばえた疑問を手がかりに、人類史上の謎に挑んだ、抱腹絶倒＆禁断のエッセイ。（井上章一）

言葉を育てる　米原万里対談集　米原万里
この毒舌が、もう聞けない……類い稀なる言葉の遣い手、米原万里さんの最初で最後の対談集。VS.林真理子、児玉清、田丸公美子、糸井重里ほか。

Ai・ジョン・　レノンが見た日本　ジョン・レノン絵　オノ・ヨーコ序
ジョン・レノンが、絵とローマ字で日本語を学んだスケッチブック。「おだいじに」「毎日生まれかわります」などジョンが捉えた日本語の新鮮さ。

つげ義春コレクション（全9冊）　つげ義春
マンガ表現の歴史を変えた、つげ義春。初期代表作から「ガロ」以降すべての作品、さらにイラスト・エッセイを集めたコレクション。

ROADSIDE JAPAN 珍日本紀行 東日本編　都築響一

秘宝館、意味不明の資料館、テーマパーク……。路傍の奇跡ともいうべき全国の珍スポットを走り抜ける旅のガイド、東日本編一七六物件。

ROADSIDE JAPAN 珍日本紀行 西日本編　都築響一

蠟人形館、怪しい宗教スポット、町おこしの苦肉の策が生んだ妙な博物館。日本の、本当の秘境は君のすぐそばにある！　西日本編一六五物件。

TOKYO STYLE　都築響一

小さい部屋が、わが宇宙。ごちゃごちゃと、しかし快適に暮らす、僕らの本当のトウキョウ・スタイルはこんなものだ！　話題の写真集文庫化！

賃貸宇宙 UNIVERSE for RENT(上)　都築響一

『TOKYO STYLE』の著者がその後九年をかけて取材した「大したことない人たち」の大したライフスタイル。上下巻テーマ別三百物件。

賃貸宇宙 UNIVERSE for RENT(下)　都築響一

「向上心」など持たないままに、実に楽しく居心地よく暮らす人たち。持ち家という名の首輪から解き放たれた、狭くて広い宇宙がここにある!!

珍世界紀行 ヨーロッパ編 ROADSIDE EUROPE　都築響一

信仰、性愛、拷問、病理……取材一〇年、ヨーロッパ的感性の地下水脈を探して、九九箇所を踏破した珍名所巡礼の記録。

日本美術応援団　赤瀬川原平　山下裕二

雪舟の「天橋立図」凄いけどどこかヘン!?　光琳にはなくて宗達にはある〝乱暴力〟とは？　教養主義にとらわれない大胆不敵な美術鑑賞法!!

映画をたずねて 井上ひさし対談集　井上ひさし

天下の映画好き井上ひさしが、黒澤明、本多猪四郎、山田洋次、渥美清、澤島忠、高峰秀子、和田誠、小沢昭一、関敬六とトコトン映画を語る。

にほんの建築家 伊東豊雄・観察記　瀧口範子

「アーキテクトとは、コンペを競うK−1ファイターのような存在である」(伊東豊雄)。ジャーナリスト瀧口範子によるトップランナーの解体新書・増補版。

簡単すぎる名画鑑賞術　西岡文彦

『モナ・リザ』からゴッホ、ピカソ、ウォーホルまで、名画を前に誰もが感じる疑問を簡単すぎるほど明快に解き明かす。名画鑑賞が楽しくなる一冊。

五感でわかる名画鑑賞術　西岡文彦

画家の名前は見ない。額縁に注目してみる。必ず飲み食いする。自分でも描いてみる……。鮮烈な実感をともなった美術鑑賞のための手引書。

モナ・リザはなぜ名画なのか?　西岡文彦

世界一有名な絵画のひとつ、『モナ・リザ』。この作品はなぜ「名画」と呼ばれるのだろうか。「読み方」「見方」両面から探る『モナ・リザ』の正体。

演出術　蜷川幸雄　長谷部浩

演出家蜷川幸雄が代表作とその創作過程、それぞれの作品に込めた思いや葛藤を、細部にわたるまであますことなく語る。たぐいまれなる才能の源に迫る。

千のナイフ、千の目　蜷川幸雄

緊張感の中で常に新しさを追い求め続ける蜷川の若き日の決意と情熱がほとばしりでるエッセイ集。時を経ても古びない魅力あるエピソード満載。

モチーフで読む美術史　宮下規久朗

絵画に描かれた代表的な「モチーフ」を手掛かりに美術を読み解く、画期的な名画鑑賞の入門書。カラー図版150点を収録した文庫オリジナル。

見えるものと観えないもの　横尾忠則

アートは異界への扉だ！　吉本ばなな、島田雅彦から黒澤明、淀川長治まで、現代を代表する十一人との、この世ならぬ超絶対談集。（和田誠）

芸術ウソつかない　横尾忠則対談集

横尾忠則が、表現の最先端を走る15人と、芸術の源泉、深淵について、語り合い、ときに聞き手となって尋ねる魂の会話集。（戌井昭人）

白土三平論　四方田犬彦

60年代に社会構造を描き出した『カムイ伝』、蜂起の歴史哲学を描いた『忍者武芸帳』等代表作、そして「食物誌」まで。文庫版への書き下ろしを収録。

大人は愉しい　内田樹　鈴木晶

大学教授がメル友に。他者、映画、教育、家族——批判だけが議論じゃない。「中とって」大人の余裕で生産的に。深くて愉しい交換日記。

9条どうでしょう　内田樹／小田嶋隆／平川克美／町山智浩

「改憲論議」の閉塞状態を打ち破るには、「虎の尾を踏むのを恐れない」言葉の力が必要である。四人の書き手によるユニークな洞察が満載の憲法論！

ちくま文庫

青春《せいしゅん》と変態《へんたい》

二〇一三年十月十日　第一刷発行

著　者　会田誠（あいだ・まこと）
発行者　熊沢敏之
発行所　株式会社　筑摩書房
東京都台東区蔵前二―五―三　〒一一一―八七五五
振替〇〇一六〇―八―四一二三
装幀者　安野光雅
印刷所　株式会社加藤文明社
製本所　株式会社積信堂
乱丁・落丁本の場合は、左記宛にご送付下さい。
送料小社負担でお取り替えいたします。
ご注文・お問い合わせも左記へお願いします。
筑摩書房サービスセンター
埼玉県さいたま市北区櫛引町二―六〇四　〒三三一―八五〇七
電話番号　〇四八―六五一―〇〇五三

ISBN978-4-480-43109-7 C0193